STARGAZER

CRIME NA BAÍA DE KUNGKUNGAN

György Miklós Böhm

STARGAZER

CRIME NA BAÍA DE KUNGKUNGAN

Coleção
NOVOS TALENTOS DA LITERATURA BRASILEIRA

São Paulo 2010

PRODUÇÃO EDITORIAL Equipe Novo Século
PROJETO GRÁFICO E COMPOSIÇÃO S4 Editorial
CAPA Equipe Novo Século
PREPARAÇÃO DE TEXTO Rafael Varela
REVISÃO Juliano Domingues

DADOS INTERNACIONAIS DE CATALOGAÇÃO NA PUBLICAÇÃO (CIP)
(Câmara Brasileira do Livro, SP, Brasil)

Böhm, György Miklós

Stargazer : crime na baía de Kungkungan / György Miklós Böhm. – Osasco, SP : Novo Século Editora, 2010. – (Coleção Novos Talentos da Literatura Brasileira)

1. Ficção brasileira I. Título. II. Série.

10-09515 CDD-869.93

Índices para catálogo sistemático:

1. Ficção : Literatura brasileira 869.93

2010
IMPRESSO NO BRASIL
PRINTED IN BRAZIL
DIREITOS CEDIDOS PARA ESTA EDIÇÃO À
NOVO SÉCULO EDITORA LTDA.
Rua Aurora Soares Barbosa, 405 – 2º andar
CEP 06023-010 – Osasco – SP
Tel. (11) 3699.7107 – Fax (11) 3699.7323
www.novoseculo.com.br
atendimento@novoseculo.com.br

O autor agradece a generosidade de Adriana Basques, Marina Minamisava e Renato Minamisava, que cederam as fotografias que ilustram o livro.

Agradecimento especial a Mustafa Yazbek pela assessoria literária.

Qualquer semelhança com pessoas vivas ou mortas é mera coincidência.

MAPA DA INDONÉSIA

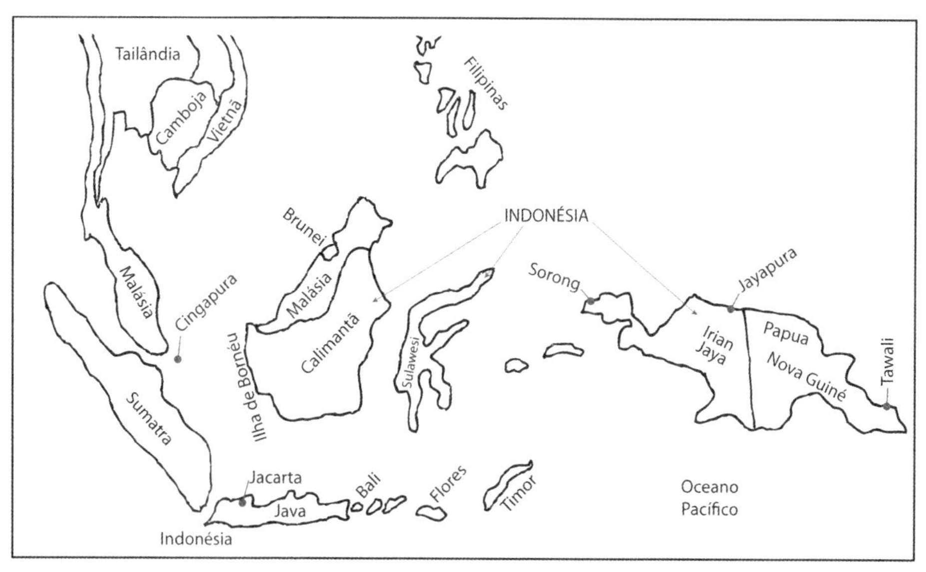

MAPA DE SULAWESI

MAPA DE MINAHASA

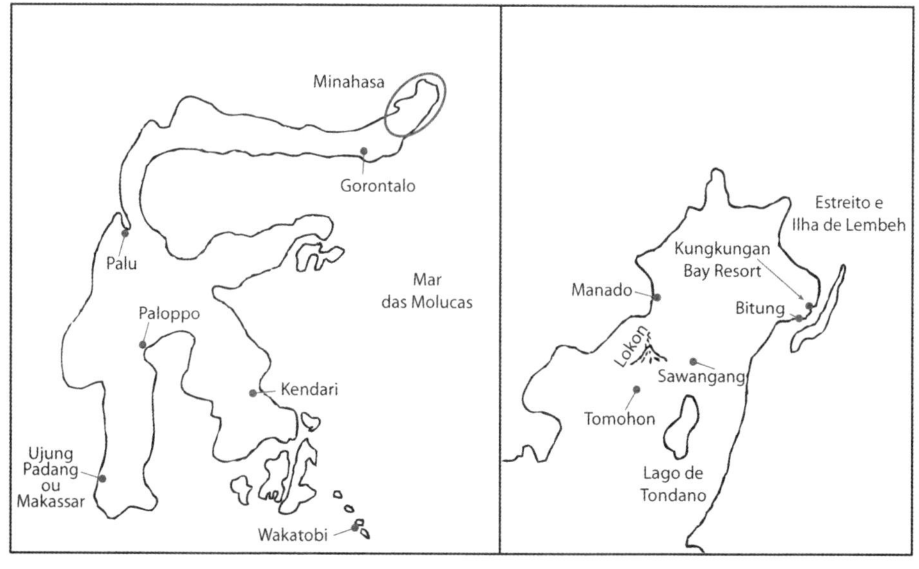

SUMÁRIO

PRÓLOGO

Perdão...

Passaram-se quatorze anos desde minha fatídica viagem à Indonésia. Foi a última de tantas visitas que deixaram gratas memórias, porque são ilhas que enfeitiçam, mares que apaixonam e um povo que encanta. Por mais de três décadas voltei assiduamente, atraído pela magia da natureza sem par, pela saudade do calor humano. A nós, brasileiros, o primeiro encontro é dominado pelo exótico; tudo parece tão diferente! Um mosaico de variedades e contrastes que confunde; uma cultura feita de peças como os quebra-cabeças, cada uma com forma peculiar e distinta, mas que encaixam umas nas outras formando um quadro harmonioso.

Nos primeiros anos visitei os marcos deixados pelo homem que ocupa essas ilhas há milênios. Comecei pelos gloriosos monumentos, praças e palácios de Jacarta, erguidos para consagrar a independência do povo indonésio, cujos nomes provocam um sorriso discreto nos visitantes de língua portuguesa; o que fazer se liberdade em malaio é *merdeka*? Não longe da capital, em Bogor, encontrei o mais belo jardim botânico do mundo, uma festa para os sentidos e o espírito. Em Java Central admirei o gigantesco Borobudur que reverencia o budismo e os misteriosos templos hindus de Prambanan. Em nenhum canto da Indonésia a vida pareceu-me tão harmoniosa e encantadora como em Bali, lá tudo é pequeno, aconchegante e de bom gosto. Desfrutei da hospitalidade do povo que sempre me recebeu com amabilidade sincera. A vida familiar, que por lá ainda existe, despertou carinhos da infância adormecidos. A gente simples das lavouras, entre uma colheita e outra, encontra tempo para liturgias onde a devoção é esculpida em madeira e a fé se expressa por música e dança. A minha religião abandonada na adolescência exigiu novas reflexões naqueles vilarejos.

Depois, fiz incursões nas regiões montanhosas cobertas de florestas para observar a riquíssima flora e fauna das ilhas que reúne tanto a natureza da Ásia como aquela da Austrália. Encontrei os orangotangos e macacos-narigudos em Bornéu e os rinocerontes brancos em Sumatra. Admirei os dragões na ilha de Komodo, parecem remanescentes dos dinossauros extintos há muitos milênios. Fui a Irian Jaya ver as maravilhosas aves do paraíso que lutam para superar a extinção.

Mais recentemente descobri o tesouro das águas mornas e cristalinas. Bem tarde na vida aprendi a mergulhar e a Indonésia seduziu-me mais ainda. O oceano que banha Bali, Bornéu, Flores, Sulawesi, Molucas e Nova-Guiné oferece o que há de melhor para a exploração submarina. A última fronteira é o estreito de Lembeh, onde, só Deus sabe por quê, habitam as criaturas mais estranhas do planeta. Lá fiz o último mergulho da vida e também lá me despedi para sempre da Indonésia.

Quatorze anos passaram, porém o desconforto – desconforto não! Pesadelo! – daquela semana, desmerecida no calendário da minha existência, está sempre presente, diria até cada vez mais forte. Aqueles momentos desfilam na memória não como lembranças passadas, mas como agonias presentes. Decidi acabar com a tortura do silêncio antes de partir para a eternidade. Doa a quem doer. Quem sabe relatando os acontecimentos guardados a sete chaves por todos esses anos, encontrarei mais paz nos dias que me restam – poucos, de acordo com os médicos. Contarei tudo minuciosamente. Minhas anotações e dos companheiros de mergulho, que compartilharam aqueles dias sombrios, permitem uma reconstrução fiel dos fatos. Talvez nem todos saibam que anotações diárias no *log-book* é hábito entre os adeptos do *scuba*.

Se foi me permitido usar os apontamentos?

Na verdade não, formalmente não pedi. Tranquiliza-me saber que consequências jurídicas sérias não haverá para ninguém, pois se passaram tantos anos; as revelações causarão mal-estares, embaraços e constrangimentos, isso sim – e bastante! A exposição dos desvios de conduta inaceitáveis pela sociedade abala reputações. Quando, porém, se trata de assassinatos, mesmo familiares, amizades e conhecidos mais chegados ficam chocados. Os relacionamentos desmoronam e a nova inserção social poderá ser dolorosa. Lamento muito e peço perdão.

Optei pela narração a fim de facilitar essa tarefa tão penosa. Assim pude percorrer hora por hora essa semana que mais me pesa na vida. Pensei em passar este tempo que me resta de modo mais razoável se ressuscitasse as personagens para reviverem os fatos no presente. Assim, os leitores julgarão melhor o crime que aconteceu em circunstâncias tão extraordinárias. No entanto, confesso que não estou preocupado e nem mesmo interessado no veredicto, apenas quis expor, expelir aqueles dias de desassossego. Outras pessoas terão que resolver seus problemas com estas revelações. Só peço a Deus que consiga apaziguar a turbulência que me persegue dia e noite e dormir em paz na eternidade.

A NOITE FATÍDICA

Maboang deu mais uma olhada no carburador, enquanto ao seu lado o *dive master*[1] estava batendo os dentes.

– Fandi, vá se trocar, você está tiritando de frio. Eu termino em poucos minutos.

Ele deveria ter tirado sua roupa de mergulho assim que saíra da água, mas estava irritado e deixou de fazê-lo. O motor falhara várias vezes durante o retorno do mergulho noturno que, verdade seja reconhecida, não foi nem um pouco satisfatório. O temporal após o almoço teve um efeito-dominó e atrasou todas as saídas e este último mergulho fora planejado para cinquenta minutos apenas. Ele não pôde mostrar muita coisa e os mergulhadores pareciam frustrados quando subiram no barco. Depois o motor começou a tossir e parou. Maboang lutou com a máquina, enquanto os três brasileiros e o casal americano pareciam

1 *Dive master* – mestre-mergulhador. Título que se dá aos profissionais habilitados a chefiar mergulhos. No fim do livro, na página 255, há um glossário de termos ingleses rotineiramente usados pelos mergulhadores.

ficar cada vez mais aborrecidos. Ele ofereceu as toalhas e o chocolate quente que foi recusado por todos, exceto o americano. Sua mulher, magrinha como um palito, encolheu-se toda e permaneceu muda, enrolada na toalha. Os hóspedes do Brasil resmungavam numa língua que ele não entendia. Com certeza eram críticas, pois lá pelas tantas a mulher chamada de Alexandra sugeriu que pedisse auxílio da hospedaria. Isto ele só faria se o barco ficasse definitivamente à deriva. Felizmente, Maboang conseguiu despertar o *yamaha* de sua letargia e fazê-lo funcionar. Chegaram ao ancoradouro quase vinte minutos após o tempo previsto. O pessoal foi imediatamente embora e os *thank you* foram breves; soaram-lhe até ríspidos.

Fandi trepou sobre a plataforma que agora, na maré baixa, estava mais de metro acima da borda do barco; subiu a rampa até o pontilhão de madeira e seguiu com passos apressados até o centro de mergulho que estava envolto pela escuridão e sem luz alguma. Embaixo do chuveiro começou a sair do seu *wetsuit*. Ainda bem que o dia terminara; estava cansado depois de acompanhar cinco mergulhos com os hóspedes do Kungkungan Bay Resort. A pousada estava lotada de estrangeiros vindos de toda parte do mundo atrás das raridades que só se vêem no estreito de Lembeh. Após o mergulho da tarde, Fandi sempre ficava torcendo para que nenhum mergulhador quisesse sair para o noturno. Esperança vã; a possibilidade de encontrar *stargazers* e outras criaturas de hábitos noturnos era para eles irresistível. Agora, com o enguiço do motor já eram quase 21 horas e o frio penetrava em seus ossos.

– Porcaria de peixe – murmurou, lembrando de seus olhos esbugalhados voltados para cima como se olhasse estrelas e sua boca grande encurvada cheia de babados nos lábios.[2] Só se via a cabeça porque o resto do animal ficava enterrado na areia, como de hábito, mas desta vez, contrário às corretas normas de conduta, ele cutucou com sua vara de aço até que o animal saiu de sua toca para o deleite dos espectadores.

Livrou-se da roupa com a destreza própria dos instrutores muito experimentados e ensaboou o corpo, deixando a água tépida escorrer por um longo tempo; como era gostoso o calor que lhe envolvia. Fechou a torneira e catou o traje de neoprene que jazia no estrado junto aos seus pés. Distraído, contemplou o céu semeado de estrelas que o tímido sorriso do crescente após a lua nova ainda não ofuscava, e jogou-o no tanque apropriado que estava a poucos passos do chuveiro. O traje caiu em cima de outra roupa de mergulho que flutuava na superfície totalmente estendida como se fosse a sombra de uma pessoa.

Mais esta, pensou. *Alguém se esqueceu de retirar sua* wet.

Fandi empurrou sua roupa em direção ao fundo várias vezes para eliminar o excesso de sal; retirou-a e pendurou na cabana dos mergulhadores. Voltou e inclinado sobre a borda do tanque, puxou a peça abandonada pelo capuz. À medida que o traje se erguia da água, ele fixou os olhos no fundo da cuba. Um choque elétrico percorreu todas as suas fibras, da cabeça à planta dos pés, e seus lisos cabelos negros ficaram arrepiados: um vulto humano estava de borco na

2 Foto 1.

água. Após um segundo de paralisia, debruçou-se na tina e com seus fortes braços agarrou o corpo inerte pelo pescoço e o alçou da água. O corpo virou-se docilmente. Abraçou-o pelo tórax, meteu o outro braço embaixo dos joelhos e retesou todos os músculos para retirá-lo. O cadáver escorregou de seus braços como se fosse uma lesma do mar. Aflito, Fandi segurou a cabeça acima do nível da água e berrou:

– Maboang! *Tolong!* Maboang!

O piloto estava fechando a tampa do motor quando escutou os gritos de socorro. Subiu rapidamente até o passadiço e olhou em direção à praia.

– *Tolong! Tolong!*

Saiu na disparada e, ao se aproximar, percebeu Fandi encurvado sobre a cuba segurando algo. Uma rápida troca de palavras e os dois conseguiram tirar o corpo flácido do tanque e estenderam-no na relva. Imediatamente, o *dive master* começou a fazer respiração boca a boca alternada com massagem cardíaca, dando golpes rítmicos com as duas mãos cruzadas sobre o peito do cadáver.

– Maboang, corra e chame Jeremie – exclamou e continuou as manobras de ressuscitação. Passaram-se minutos e nenhum sinal de vida. Fandi olhou para o vulto que jazia no chão. Estava descalço, vestia um calção curto azul-claro e uma camisa de esporte branca com alguma estampa que a escuridão não permitia distinguir. O rosto pareceu-lhe familiar.

– Fandi, o que é que está acontecendo?

– Jeremie, o homem está morto.

O foco da lanterna do chefe dos *dive masters* iluminou o rosto do cadáver. Os três indonésios reconheceram-no imediatamente: era de Shand, do Mr. Thomas Shand.

TERÇA-FEIRA

CHEGADA EM KUNGKUNGAN

A *van* deu um sacolejo. De repente, o asfalto acabou e pegamos um desvio de terra. Primeiro uma forte descida seguida de uma subida íngreme, depois uma violenta curva à esquerda e novo mergulho pior que o anterior. Finalmente, o carro parou diante de uma barreira. Ainda bem que estava seco, tinha minhas dúvidas se em dia de chuva essa viatura chegaria até aqui. O motorista abaixou minha janela, reclinou-se sobre mim e falou algo ao guarda, que prontamente levantou a barreira.

Que interessante – pensei – *na Indonésia o tráfego é à inglesa, a mão é pela esquerda, contudo as barreiras e os guardas em geral ficam no lado esquerdo das rodovias, posição bem incômoda para os motoristas à direita do veículo. Será que os pedágios também são assim?*

Não tive tempo para mais reflexões, estávamos estacionando na entrada do Kungkungan Bay Resort.[3]

---

3 Foto 3.

Sair do carro e espichar o corpo depois de uma longa jornada é sempre agradável. Tínhamos deixado a hospedaria de Manado, o Tasik Ria Resort às 8h30 e atravessado toda a península norte de Sulawesi até Bitung, nas margens do estreito que separa a ilha de Lembeh da península[4]. Demorou mais de duas horas graças ao tráfego intenso e à precariedade da rodovia. A lentidão tem suas vantagens, porque se pode apreciar melhor a paisagem. A região é montanhosa, com picos que se elevam acima de 2 mil metros e vários vulcões de formas elegantes. O manto verde da floresta tropical só é interrompido pelas plantações, aliás bem extensas, e lagos de diversos matizes de azul e verde. A população concentra-se junto à rodovia, assim as cidades e vilarejos formam colares quase ininterruptos ao longo do caminho.

A gerente da pousada, Emmy, irradiava energia. Antes de liberar-nos os bangalôs, previamente designados pelo que entendemos das ordens dadas ao pessoal que desapareceu com as nossas bagagens, resolveu apresentar a hospedaria e as regras.

– Felizmente estamos em uma baía fechada. A praia foi nos licenciada de ponta a ponta e só é acessível pela entrada por onde vocês chegaram ou por barco. Na realidade, *Kungkungan* significa reclusão, ou seja, o "*resort* da baía reclusa".

Enquanto ela falava sobre visitantes indesejáveis, Ricardo me perguntou baixinho:

– Bota? Que queria dizer com a bota?

– Ela falou *we can easily boot them out*, ou seja, dar um pontapé nos intrusos, expulsá-los facilmente.

4 Ver mapa de Minahasa.

– Hum! É fina.

Emmy despejou as mesmices de todas as pousadas de mergulho do planeta; finalmente, entregou a papelada de praxe para preenchermos. Fiquei em dúvida quanto ao dia do mês e fui prontamente esclarecido de que estávamos em 6 de novembro, numa terça-feira. Completei as informações e comecei a andar na pegada dos porteiros. Minha intenção foi frustrada antes de dar dois passos.

– Senhores, sei que gostariam de ir aos seus alojamentos, mas eu proponho que visitemos o centro de mergulho. Estou só e, logo mais, terei outras tarefas. Também imagino que queiram mergulhar ainda esta tarde, por isso é conveniente a todos irmos agora.

Um estreito passeio de cimento conduz ao centro de mergulho de Kungkungan, a uns setenta metros do prédio principal da hospedaria, junto à praia. Vários indonésios passaram por nós transportando cilindros com carrinhos de mão e nós lhes demos passagem indo para a relva macia. Não há bangalôs nessa parte do *resort*, salvo um de dois andares, que mal se vê entre as árvores, afastado da praia e incrustado no morro.

– Parece uma casa mal-assombrada... – murmurou Ricardo.

– É... daquele maluco do filme de Hitchcock – complementou Alexandra.

O centro de mergulho de Kungkungan fica junto ao pontilhão que liga a plataforma do ancoradouro à praia. Uma cabana de quatro por seis metros serve para a roupagem dos mergulhadores e a rotineira explicação sobre os eventos aos desportistas, o clássico *briefing* dos *dive mas-*

ters. Praticamente não há paredes, só um anteparo no fundo com duas lousas para as instruções, centralizado, a fim de permitir amplas passagens para a parte posterior do barraco. Dispostos longitudinalmente nos lados há bancos e, bem em cima destes, uma fileira de cabides improvisados com pedaços de bambu para pendurar as roupas de mergulho.

O início do passadiço para os barcos está a uns cinco metros para frente e à esquerda da cabana. Nessa área, a poucos passos do centro, ficam o chuveiro, o tanque para guardar as máquinas fotográficas e a cuba grande para enxaguar vestuário de mergulho.

Chegou um indonésio e disse algo à Emmy.

– Pessoal, fiquem à vontade com Jeremie. Ele é o chefe do centro de mergulho. Eu tenho que receber novos hóspedes que acabaram de chegar.

Jeremie deveria ter uns 40 anos. Difícil estimar a idade dos indonésios de Kungkungan; a maioria parece adolescente, embora sejam adultos jovens com corpo de boxeadores da categoria leve ou menos até: pena ou mosca. É gente de estatura baixa, enxuta e musculosa. O chefe do centro de mergulho destacava-se da média, por ser mais alto e corpulento.

–Vocês querem conhecer o nosso laboratório fotográfico?

Uns trinta passos atrás e acima do barraco, encostado no morro coberto pela floresta, encontramos uma construção de alvenaria com duas portas: uma lateral, abre para o banheiro, e outra, mais central, dá acesso ao laboratório que é o orgulho do centro de mergulho de Kungkungan.

– Que maravilha! – exclamaram quase simultaneamente Alexandra e Mariana.

Chamá-lo de laboratório fotográfico é um exagero, no entanto é difícil encontrar facilidades iguais em centros de mergulho nessa região do mundo. Junto à parede havia uma bancada com pias, luzes, tomadas e prateleiras para a comodidade dos fotógrafos. Quatro janelas amplas iluminavam o ambiente que, pude observar bem, estava limpo. Na realidade, eu tinha menos interesse no laboratório do que o casal e a Alexandra – porque há muitos anos, seria melhor dizer décadas, parei de fotografar. Cansei de carregar máquinas e colecionar fotografias e diapositivos que, depois de vistos uma ou duas vezes, entupiam as gavetas da casa.

–Vocês querem mergulhar à tarde? – perguntou Jeremie.

Claro que sim! Fomos correndo aos nossos bangalôs.

NOSSO PRIMEIRO MERGULHO

– Alguém esqueceu seu *iPod* – observou Alexandra reclinada sobre o parapeito.

Mariana, Ricardo e eu estávamos na varanda observando a forte correnteza no meio do estreito de Lembeh e nem percebemos a chegada dela.[5] Realmente, não tínhamos prestado atenção ao que estava aos nossos pés: lá jazia o aparelho, no fundo das águas, que não deveriam ter mais de metro junto às palafitas do restaurante.

O calor dirimiu a dúvida se comeríamos junto ao mar ou no amplo salão embaixo de um dos ventiladores. Entramos para o almoço.

O restaurante ocupa a maior parte do prédio principal do Kungkungan Bay Resort, que abriga a recepção, a administração, o refeitório e a cozinha no andar inferior e uma sala de estar integrada com uma pequena biblioteca e um computador, no superior. A construção é circular e a me-

---

5 Foto 4.

tade voltada para o oceano tem uma varanda que oferece uma vista lindíssima do estreito e da ilha de Lembeh.[6]

Comemos pouco e rapidamente; havia toda a tralha para arrumar no centro de mergulho para a nossa saída às 15h15. Eu, particularmente, preciso de meia hora para me preparar e, diga-se a bem da verdade, da boa vontade dos companheiros que jamais faltou. Nas dificuldades sempre aparece uma mão prestativa. Colocar a *lycra* que é a segunda pele do mergulhador é trabalhoso, mas vestir a roupa de neoprene depois é bem pior. Fechar o zíper nas pernas que, salvo no primeiro mergulho do dia estão edemaciadas, e enfiar as botas é outra ginástica. Passados os setenta anos essa parte, além de cansativa, é aborrecida. E ainda existem para arrumar: o cinto de lastro, a jaqueta de flutuação com todos os penduricalhos, a máscara, as nadadeiras e, eventualmente, o capuz e as luvas. Sem esquecer a distribuição estratégica dos pesos para garantir uma boa flutuação. Cada um podia se servir de chumbos de 1 a 3 kg de uma cesta grande de vime que ficava dentro da cabana, junto à parede com a lousa. Vida de mergulhador, até entrar na água, é um saco!

– Eu quero ver um Rhinopia[7] – falou Mariana sentada no banco, paramentada, aguardando o *briefing* do *dive master*. Deu para sentir no seu habitual timbre doce uma determinação que de quando em vez aflorava na sua voz. Ela é uma criatura muito meiga, facilmente conquista a confiança das pessoas. Médica com ótima formação geral, especializada

---

6 Foto 5.
7 Foto 2.

em gastroenterologia, tem energia e rapidez de decisões que surpreende aqueles que só a conhecem superficialmente.

Um indonésio simpático mostrou seus dentes brancos num sorriso franco e se apresentou:

– Meu nome é Fandi e serei o *dive master* do grupo – e leu os nossos nomes, o meu com particular dificuldade – pudera, só é fácil na Hungria –, e mais dois: Houlden e Willoughby.

– Nós vamos mergulhar... – e continuou suas explicações ilustrando-as com um esquema que desenhava na lousa branca com uma caneta azul, enquanto eu observava as duas mulheres citadas. Uma era morena, de estatura média, cheia de corpo sem ser obesa, aparentando trinta e cinco a quarenta anos. O rosto era marcado por bochechas ligeiramente rosadas e acomodava espaçosamente os olhos grandes, o nariz pequeno e a boca carnuda. Seu olhar era líquido e tinha a placidez das pessoas tolerantes e de boa paz – que a minha experiência de professor diziam pertencer a pessoas submissas. A outra era uma mulher ligeiramente mais alta e de corpo seco. Sua cabeça era coroada com uma cabeleira de cor palha. O rosto impressionou-me pela dureza.

– Vamos ver Rhinopias? – perguntou Mariana.

Fandi fez um sorriso de garoto treloso:

– Isso não posso garantir. Vocês sabem como é: ora aparecem ora não.

Que lógica admirável desse indonésio, pensei. Tomara que pelo menos um Rhinopia apareça, só para ser fotografado pelo grupo, aí teremos sossego. Não se fala em outra coisa desde os preparativos em São Paulo senão nesse peixe-escorpião raríssimo que, pelo jeito, só se encontra em Lembeh.

Tão logo entramos no barco Fandi apresentou seu auxiliar, Álit, um tipo atlético que esbanjava simpatia. Vestia apenas um calção cinza com listras laterais azuis. Prosseguiu com voz mais solene:

– O Sr. Maboang é o capitão do barco. Aconselho obedecerem a suas ordens porque, além de ser a autoridade máxima deste navio, ele é muito impositivo.

Maboang, acostumado com as brincadeiras de Fandi, fez uma mesura alegre e colocou a mão na cabeça num gesto de saudação militar. Usava uma calça preta de cano curto, camiseta azul-marinho com enorme estampa de peixe-leão exibindo todas as cores exuberantes. Para completar seu fardamento, portava um quepe do tipo que se usa no exército para camuflagem na selva.

Willoughby sentou à minha frente e atrás dos meus óculos escuros voltei a analisar sua face. As feições eram angulosas, mas dispostas com harmonia. A primeira impressão era de que se tratava de uma mulher idosa, contudo, observando-a melhor, concluí que não, não deveria passar dos cinquenta. O que a envelhecia eram as marcas de sofrimento que se misturaram aos seus traços sabe-se lá há quanto tempo. Outrora poderia ter sido uma mulher bem atraente.

Em cinco minutos chegamos ao local do mergulho. O primeiro de Lembeh. Fandi dirigiu-se ao auxiliar com um largo sorriso:

– Dê uma mão às mergulhadoras e aos mergulhadores também. Aviso: Álit é de Bali e seu esporte favorito é cortejar as damas. Certamente, é o melhor seresteiro da pousada, com um violão é uma fera!

Álit ajudou-nos a vestir as jaquetas, com os cilindros e a sentar à borda do barco. Após a tradicional contagem "um, dois e três", fizemos a cambalhota usual para trás. Com presteza, Álit entregou as máquinas fotográficas e lá fomos para o fundo na esteira de Fandi.

Tratava-se de um *muck-dive*. Desde a experiência em Tawali adoro *muck-dives*. Foram os mergulhos que mais gostei na Papua-Nova Guiné[8]. O termo em inglês dá ideia de sujeira, porém é apenas uma denominação, inadequada, consagrada pelo tempo. São mergulhos geralmente rasos, entre três e dez metros, que exploram fundos arenosos ou mesmo lodosos próximos à costa. Em Lembeh quase todos os mergulhos são *muck-dives*, entretanto mais profundos. É aí, perto das margens do estreito, sobre o solo arenoso e águas de transparência limitada a dez metros, que se encontram as criaturas mais exóticas do mar, depois das abissais. São os peixes-sapo, folha, mariposa, diabo, peixes-fantasmas de todo tipo, incríveis variedades de peixe-pedra e peixe-escorpião, ouriços e estrelas-do-mar que nem parecem existir, uma parada de nudibrânquios ou lesmas que deixam no chinelo as mais imaginosas fantasias do carnaval. E a lista não termina.

O mergulho não decepcionou. Uma rica fauna de criaturas nos esperava. O que mais admirei foi um peixe espantoso: um bruxo vaidoso escondido numa catedral gótica de rendas e babados. Era daquelas coisas inacreditáveis! No momento pensei que fosse o peixe-escorpião-cabeludo, só depois, com as fotografias analisadas, os meus amigos mostraram sua verdadeira identidade, traída pela antena que portava sobre o nariz, raridade absoluta: um

8 Ver mapa da Indonésia.

peixe-sapo-cabeludo[9]. Se há uma coisa que não falta no estreito de Lembeh são criaturas cabeludas. Sim, sim, sim, Fandi mostrou o Rhinopia. Estava num lugar pitoresco, exibindo formas angulosas em seu vestido rosa num ambiente em que predominam corais verdes.[10] O contraste foi maravilhoso! Possivelmente recebe suas visitas no mesmo lugar nos últimos três anos e, por isso, não deve ter dado muito trabalho a Fandi para achá-lo... Foi devidamente festejado e fotografado. Bem ao contrário do seu primo rendilhado, o Rhinopia apesar de suas formas estranhamente angulosas, chega a ser elegante. Por aqueles truques com que os neurônios se divertem à nossa custa, associei-o com a senhora Willoughby.

9 Foto 6.
10 Foto 2.

SEMPENA

As florestas que cobrem os altos morros que guardam o estreito de Lembeh brilhavam ao sol da tarde. É nas últimas duas horas que precedem o arrebol que a luminosidade do dia oferece seu maior esplendor. No retorno só havia rostos felizes e apenas o ruído do motor impedia a troca de vivências mágicas que acabávamos de experimentar. Mesmo assim, nos cinco minutos que nos separavam do ancoradouro não faltaram exclamações de entusiasmo dirigidas às orelhas dos companheiros sentados ao lado. Eu estava entre a Mariana e a Alexandra que, excitadíssimas, comentavam as fotos que tinham acabado de fazer. Ricardo ficou no meio das duas estrangeiras. O que falavam não dava para ouvir, mas pelos gestos me pareceu evidente que a Houlden era mais comunicativa do que a Willoughby, aliás, como esperado pela análise fisiognomônica.

Chegando ao ancoradouro, agradecemos calorosamente o serviço dos indonésios e dirigimo-nos ao centro de mergulho. Como só havia um chuveiro, deixamos às duas europeias a primazia e fomos à cabana para tirar nossas roupas.

– A morena é holandesa e a loura é inglesa e se chama Helen. O nome da outra não entendi bem, é algo como rê – e Ricardo fez um som bem gutural.

– Bem, pode ser – observei. – Rê é usado na Holanda. Escreve-se G, R, E com acento agudo na vogal. O G é pronunciado na garganta como o R carioca, só que mais acentuado. Existiu uma famosa soprano dos Países Baixos chamada de Gré Brouwenstijn. Foi uma grande Fidélio.

Pronto, escapou, tinha que ser professoral! Eles já devem estar fartos disso. Ricardo e Mariana foram meus alunos há mais de trinta anos, mas Alexandra... Enxaguei minha *lycra* e *wetsuit* e fui pendurá-las. Foi difícil achar um cabide livre, tive que pegar no meio da floresta de roupas que formavam paredes compactas em ambos os lados do barraco. Ser o último tem esses percalços e, depois dos mergulhos, sou invariavelmente o último.

Mariana e Alexandra estavam ocupadas com as máquinas fotográficas que Álit e Fandi tinham colocado no tanque apropriado. Os indonésios ofereciam competência e procuravam facilitar a vida dos mergulhadores: encarregavam-se dos equipamentos, lavando e montando as jaquetas em cilindros cheios para o próximo mergulho, arrumando as nadadeiras e cintas de lastro. Nós saíamos do barco apenas com a máscara e a roupa.

Ricardo estava acariciando um cachorro bem gordo.

– O Ricardo gosta muito de cachorros, professor – disse Mariana, como se fosse necessário explicar algo.

Quando o casal foi à minha casa de campo pela primeira vez, Ricardo passou longo tempo se divertindo com os três vira-latas que possuo. É uma atração frequente entre neonatologistas, afinal a diferença mais importante entre os bebês e os bichos de estimação são as mães. Durante o almoço, contou-me a história de Tobi, cão da raça dálmata que teve durante sua adolescência em Ribeirão Preto e que morreu de melanoma. Depois vieram os estudos na Faculdade de Medicina de sua cidade, a residência em pediatria no Hospital das Clínicas de São Paulo, a vida profissional e o aconchego de um apartamento na capital com a Mariana, que não apreciava cães. Ou seja, sem espaço para um sucessor de Tobi.

– O nome dele, se entendi bem, é Sempena – observou.

– Bem, cachorro é bicho sem pena mesmo – brincou Alexandra.

– Ademais, parece que tem uma vida muito boa. O que deveria fazer, isso sim, é uma boa dieta para perder as banhas – acrescentou Mariana.

As duas amigas pegaram suas máquinas e subiram ao laboratório fotográfico. Estavam ansiosas para ver os resultados. Ricardo deixou seu equipamento com a mulher e foi ao bangalô. Fiquei a sós para arrumar a minha bota esquerda que tivera a alça do zíper quebrada. Sentei no banco da cabana e examinei o zíper. Estava em ordem, precisava era dar um jeito em enfiar algo no furinho do fecho que servisse para puxá-lo. Nada preocupante. Ouvi vozes.

Uma pessoa estava na praia jogando um pedacinho de pau para o cão, que saía em disparada, abocanhava a madeira e voltava abanando a cauda. Só que não entregava o pauzinho, por mais que se pedissem. Outro indivíduo, postado à entrada do barraco, gritou-lhe algo. Olhei. Eram orientais, de estatura alta e pele bem clara. Pelo canto da língua julguei que fossem chineses.

– *Are you chinese?*

– *Yes, we are* – respondeu-me e entrou com duas sacolas grandes de mergulho. Abriu uma e começou retirar seu equipamento. Logo entrou o outro e, após um cortês *good afternoon*, ocupou-se com a tralha. Deduzi pelo porte que deveriam ser do norte da China e por falar mandarim, já que eu era incapaz de distinguir essa língua do cantonês falado no sul. Disse um *please to meet you* e fui me retirando.

Assim que saí, Sempena encostou-se às minhas pernas. Largou um toquinho junto ao meu chinelo direito e olhou-me esperançoso abanando o rabo. Atirei o pauzinho o mais longe que pude. Jeremie cumprimentou-me e entrou na cabana. Antes que se ocupasse com os novos hóspedes perguntei-lhe:

– Jeremie, o nome do cão é Sempena? – falei o nome quase soletrando as letras.

– Sim, é Sempena mesmo.

– O nome tem algum significado?

– Acho que a tradução para o inglês é *lucky*.

– Muito obrigado.

Peguei o caminho para o bangalô, quando senti um empurrão na minha coxa esquerda. Virei. Era o cachorro. Afaguei sua cabeça. O animal deitou e ficou de patas para o ar pedindo que coçasse sua pancinha. Abaixei para atender a seu desejo e, então, percebi que Sempena fora castrado. *Lucky*, o sortudo, pois sim!

BANGALÔS E HÓSPEDES

O bangalô que me foi designado é o primeiro após a piscina, à frente do prédio principal. Tem uma varanda grande, com acesso a dois apartamentos: 1A e 1B. O 1A é da Alexandra. Espaço não falta. Há uma antessala com escritório no canto esquerdo e um conjunto de sofá, poltrona, mesa e frigobar distribuídos com esmero. Janelas imensas descortinam a vista para o estreito de Lembeh. Outra porta abre para o dormitório com cama *king-size*, armário generoso, dois criados-mudos e, detalhe importante: além dos onipresentes abajures que ornamentam inutilmente essas mesinhas, existem luminárias próprias para leitura afixadas à parede acima dos travesseiros. O banheiro é retangular, numa das extremidades apresenta um armário para calções e equipamentos de mergulho e, na outra, chuveiro avantajado com água quente à vontade. A realidade é que, por mais equatorial que esteja o local do mergulho, o inimigo maior é o frio e não o calor.

Ricardo e Mariana estavam no 2A do bangalô vizinho, de modo que a janela do quarto deles voltava-se para a minha. Combinamos jantar às 19 horas, pois convinha descansar cedo para enfrentar as intensas atividades do dia seguinte. Chegamos praticamente juntos ao salão, só faltava Alexandra. Arrumamos uma mesa mais central, bastante próxima à cozinha. Ele pediu uma dose de uísque, ela água mineral. Fiquei também com água mineral enquanto escrutinava a carta de vinhos. Assim que chegou o garçom ficou esclarecido que a carta era uma fantasia, só havia um tipo de vinho na casa: *shiraz* de Jacob Creek. Está bem, é um tinto australiano honesto. Veio meio quente à mesa e pedi uma caçamba com gelo e dois copos. O ritual era quase sempre o mesmo: após sua dose de *scotch*, Ricardo pedia uma cerveja, que invariavelmente dividia com a Mariana; ela, para não me deixar a sós, desejava saúde com dois dedos do vinho que eu ordenava.

Enquanto Alexandra não chegava, olhamos em torno.

– Aquela sozinha junto à janela é Angelique, uma francesinha – observou Ricardo.

– Posso saber por que o diminutivo? – cortou Mariana.

A união do casal era feliz e após vinte anos juntos continuavam passear de mãos dadas; a provocação e pronta reação de ciúme apenas fazia parte do complexo relacionamento afetuoso que começou na época de Adão e Eva. Mas, cortejos à parte, a moça indicada era uma beleza.

– Na mesa perto da escada está o quarteto alemão Hollnager. Pelo que entendi são dois irmãos, um com a mulher e outro com a filha.

– Eu encontrei uns chineses. Lá estão eles – e apontei para a entrada do restaurante. Os dois se dirigiram a uma pequena mesa, no outro lado do salão. Estavam vestidos com uma formalidade inusitada para um *resort* de mergulho.

Ambos portavam calças pretas e camisas de manga longa, um de cor bordô e outro branco de listras azuis, refletiam a luz como se fossem de seda.

– Parece gente fina – senti uma ponta de ironia na voz de Ricardo.

– Chegou também um americano de Chicago chamado de Mark. Ele é pirotécnico.

– O quê?

– Pirotécnico.

– O que é isso, Mariana?

– É alguém que faz pirotecnia, espetáculos com fogos de artifício. Mark é muito comunicativo. Passou por nosso bangalô e falou comigo. Ele acabou de chegar e parecia exausto. Creio que não virá jantar.

– Os senhores querem fazer o pedido? – interrompeu o garçom.

– Ainda não, estamos aguardando mais uma pessoa.

Não quis estragar a noite do Ricardo e nada contei sobre a tragédia de Sempena. Falamos sobre o contraste entre o profissionalismo seco da gerente Emmy e a amabilidade espontânea do *staff* indonésio. Realmente, eles fazem a gente sentir-se na Bahia.

– Gosto da sonoridade da língua deles. Reparem na ausência de qualquer guturalidade, ao contrário, por exemplo, do holandês. São sons agradáveis, claros, como instrumentos metálicos de percussão.

– Puxa, professor.

– Sim, ouça alguns nomes próprios: Kungkungan, Maboang, Bitung, Bunaken. Você reparou nos aeroportos? Saída é *keluar*. Veja que poético!

– Puxa!

– Notou hoje à tarde que até os grilos daqui têm uma musicalidade diferente do ruído áspero que fazem lá no Brasil?

– Prooofessor... – Ricardo acentuou a primeira sílaba de "prooofessor" e subiu de tom na última, como de hábito quando achava que passara dos limites.

Talvez tivesse recaído no meu *professoralismo*. Para não ficar mais maçante deixei de contar que os grilos daqui, como os da China, são da espécie *bell cricket*, ou seja grilos de sino, pelo clangor peculiar que produzem. Felizmente, chegou Alexandra, interrompendo as digressões sobre as línguas malaias, das quais a maioria dos dialetos e o próprio idioma oficial do país fazem parte.

– Estive arrumando meu equipamento no laboratório. Tive um problema sério com os *flashes*. Encontrei um cara espetacular, um fotógrafo profissional que chegou anteontem à tarde e que me ajudou enormemente. Está tudo resolvido. Vocês vão ver minhas fotos amanhã! Professor, prometo um retrato do peixe-escorpião-cabeludo digno das paredes de sua vetusta Faculdade de Medicina da USP!

– Alexandra, você precisa apresentar-nos esse fotógrafo maravilhoso.

– Sem dúvida, Mariana. Tom é britânico e um encanto de pessoa!

QUARTA-FEIRA

PEIXES PIGMEUS

O dia amanheceu glorioso. Não havia nem mesmo um cirro para pincelar algumas linhas brancas no cerúleo firmamento e o sol começou sua faxina ajudado por uma brisa fresca.

Assim que Alexandra viu Emmy levantou-se da mesa e foi à recepção. Não deu tempo nem de falarmos um "sossega, deixe para depois do café da manhã". Ela tem raciocínio rápido, forte vontade e gosta de resolver as coisas na hora. Por isso é coordenadora dos setores operacionais da Microsoft para a América Latina. Em minutos, voltou à mesa furiosa.

– Essa mulher, além de incompetente, não tem compostura. Imaginem só, teve a coragem de dizer que o problema era meu! Claro que é meu! Ontem, ao chegarmos, alertei-a que esperava uma mala vindo de Manado.

– Talvez passasse uma noite maldormida – arrisquei. – Fique calma, com certeza ela dará notícias assim que a mala chegar.

Ao pegar as bagagens no aeroporto de Manado encontramos a sacola de mergulho de Alexandra completamente inutilizada. Comprada em São Paulo especialmente para esta viagem! Deve ter se rasgado no desembarque, porque felizmente não faltava de nada, mas o estrago foi enorme. Alexandra teve a presença de espírito de documentar a bagagem destruída e reclamou no balcão da Silkair, mostrando a foto digital que fizera. Após longos e nervosos trâmites burocráticos, acondicionamos os equipamentos nas malas do grupo e em sacos plásticos. Ed, o gerente de Manado, tão logo soube do acidente, telefonou à companhia aérea e assumiu os trâmites necessários. Comunicou à Alexandra que a Silkair concordara em dar uma sacola igual ou semelhante, só que isso levaria algum tempo porque a decisão e a aquisição da nova bagagem eram feitas em Cingapura. Como não se materializou durante a nossa estadia de seis dias em Manado, Ed prometeu mandá-la a Kungkungan num dos carros da EcoDivers, que respondia pelo serviço de mergulho tanto em Manado como em Lembeh.

– Experimente um *snake-fruit* – tentei acalmá-la.

– Não quero essa porcaria.

– Pelo menos pegue e descasque. Por fora parece pele de cobra e é tão gostoso de retirá-la como a casca da lichia.

– Só que o gosto é muito diferente.

A tentativa falhou. Ainda bem que ficaríamos no *resort* mais cinco dias. Parecia tempo suficiente para a sacola nova chegar. Terminamos o café e partimos para o mergulho da manhã com a expectativa de ver as pequenas coisas. Não havia pressa porque nosso barco era o último. Havia uma diferença de tempo entre cada partida, a fim de evitar congestionamento na barraca onde se trocava de roupa. Alexandra perguntou por Tom e Jeremie informou que ele partira com o primeiro grupo.

Fandi fez o *briefing* e partimos em busca dos pigmeus. Dessa vez incorporamos ao nosso barco Angelique Cortot e Mark Svenson.

Ao chegar ao local do mergulho, preparei-me rapidamente colocando vaselina nos bigodes para maior aderência da máscara e meti a lupa no bolso da jaqueta.

– Acho que o senhor não tinha bigode nem barba quando me deu aulas em Ribeirão Preto – observou casualmente Ricardo.

– Sua lembrança está certa. Meu *new-look* é de 1977, quando fiz concurso para professor titular em São Paulo.

– Trinta anos de *new-look* professor? – foi a última coisa dita pela Alexandra antes de fazer cambalhota para cair na água.

Lembeh tem uma coleção de miniaturas de todo tipo, sobretudo caranguejos e camarões transparentes e peixes-pigmeus. Não faz muitos anos que os cavalos-marinhos-pigmeus foram descobertos. Pudera, usam uma camuflagem perfeita: vivem em gorgônias que mimetizam completamente, não só têm as mesmas cores como também padrões de decoração idênticos. Os róseos e os amarelos são os mais encontráveis, porém há outros e, com toda certeza, falta descobrir muitas variedades. Felizmente, apegam-se a uma gorgônia e, uma vez achados, os *dive masters* conseguem indicá-los aos curiosos por meses e até anos. Mesmo assim não é nada fácil encontrá-los; há que escrutinar a gorgônia com lanterna e lupa com atenção e cuidado, pois no mais das vezes estão enrolados em seus ramos e não passam de um, no máximo dois centímetros de comprimento[11]. Também vimos os elusivos *pygmy pipefish*, ou peixes-tubo-pigmeus, e um exemplar de *pygmy pipehorse*, que parece o resultado do cruzamento de peixe-tubo com seu primo cavalo-marinho. Enfim, uma confusão danada que oferece um vasto campo de investigação aos biólogos e um desafio à perícia dos fotógrafos.

Alexandra e Angelique estavam com os últimos modelos da Nikon com dois *flashes* atarraxados a longas hastes parecendo caranguejos gigantes. Mariana levava uma Canon compacta e os homens tinham máquinas mais simples: Olympus C2040. Posso imaginar o susto desses anões ao se verem cercados por enormes espelhos redondos no meio de um tiroteio de relâmpagos. Deixei os amigos documentá-los à vontade e fui descobrir um peixe-tubo fantasma que mais parece um pedaço de alga perdido no fundo do mar. Pelo menos este tinha uns dez centímetros e se espreguiçou em cima da minha lupa. [12]

A manhã foi proveitosa e voltamos contentes. Na cabana comecei a tirar a roupa quando Alexandra nos apresentou o fotógrafo britânico.

– *Tom Shand. Please to meet you folks* – cumprimentou o grupo, enquanto segurava um pesado aparelho fotográfico com a direita e outro menor, com a esquerda.

– Ah, Angelique! Que surpresa! Que prazer encontrá-la aqui! – exclamou alegremente em um francês sofrível.

---

11 Foto 7.
12 Foto 8.

Angelique, tirando com visível dificuldade suas botas, olhou para ele, disse um '*Hi, Tom*' e continuou sua luta. O inglês subiu em direção ao laboratório e em pouco tempo foi seguido por Mariana e Alexandra.

A OSTRA ELÉTRICA

Tive um papo com Mark. Curioso, jamais na vida havia encontrado um pirotécnico sequer e agora estava diante de um profissional importante nesse tipo de empreendimento. Ele estava no negócio havia mais de trinta anos, organizando a pirotecnia de festas e chegou a ter uma fábrica de fogos de artifício em Chicago. É um negócio de alta responsabilidade porque implica em grande quantidade, por vezes toneladas, de explosivos. O pirotécnico é o responsável por tudo que acontece e Mark paga caríssimo pela cobertura de seguros feita pela ACE. O negócio é lucrativo e ele fez uma rede de escritórios capaz de atender praticamente a todos os estados americanos. Atualmente, a companhia dele vende em torno de 250 espetáculos por ano.

Nas últimas duas décadas Mark passou, todo ano, de um a dois meses na China comprando fogos, porque lá o produto custa um terço de seus equivalentes norte-americanos. Quando a concorrência ficou impossível, em vez de se desesperar, fechou rapidamente sua fábrica e lubrificou as linhas comerciais com a China. Nada fácil. Os trâmites burocráticos para comprar e importar explosivos envolvem sempre autoridades governamentais dos dois lados. Agora, então, depois do fatídico 11 de Setembro é um pesadelo, principalmente do lado dos Estados Unidos. Mark conhecia bem a China e gostava dos chineses, até falava um pouco de mandarim.

Saímos juntos do barracão e passamos pela gerente e o chefe do centro de mergulho, que pareciam no meio de uma altercação:

– Jeremie, você não deveria ter perdido a cabeça com o Sr. Shand.

– Mas, senhora Emmy, eu não perdi a cabeça. Como Boyet faltou esta manhã tive que substituí-lo e repreender um mergulhador que agiu mal. Esse é um dos deveres do *dive master* ou não é?

– Boyet! Vou dispensar aquele filipino! Não precisa me dizer os deveres de um *dive master*, Jeremie. Aqui em Kungkungan Bay Resort quem repreende hóspedes sou eu, entendeu? Você deveria ter me comunicado o fato para eu tomar as medidas cabíveis.

De qualquer modo, o problema não nos dizia respeito e prosseguimos andando. Mark disse um *see you later* e subiu para o seu bangalô, aquele mal-assombrado de dois pavimentos isolado e mais próximo ao centro de mergulho. Nos dois apartamentos térreos estavam acomodados os Hollnager, que usavam a sala como dormitório extra, e os chineses; os do andar superior abrigavam o pirotécnico e Tom, o fotógrafo inglês, cada um com um apartamento próprio. Eu segui adiante até o meu alojamento, a fim de descansar um pouco antes do mergulho das 11h30. Tinha uns quarenta e cinco minutos; peguei os impressos na mesa do escritório para não dormir e estirei-me na cama.

Quando faltava meia-hora fui ao centro de mergulho. Detesto que os outros esperem por mim, por isso, me preparo antes de todo mundo. Mal entrei na cabana, um americano dirigiu-se a mim:

– Nós vamos mergulhar com vocês, brasileiros. Esta é minha mulher Katty, eu sou Bob Stallman. Somos de Fort Worth, Texas.

A voz soou tensa e respondi com fingida casualidade:

– *Hi Katty, hi Bob*, é um prazer ter vocês conosco.

O barco deixou o ancoradouro com oito mergulhadores e quatro indonésios, porque Jeremie também estava a bordo.

– Como foi explicado no *briefing* nós vamos ao Nudi Point. Eu ficarei com Katty e Bob e vocês seguem Fandi.

Ficamos bem perto da margem calcária do estreito de Lembeh, num recesso que parecia a boca de uma gruta. Jeremie e os americanos foram os primeiros a cair na água no lado do barco voltado à rocha. Ao fazerem a cambalhota reparei que Katty tinha nadadeiras desiguais. Curioso. Reagrupamo-nos para equilibrar a lancha e fomos atrás de Fandi, que nadou em direção oposta à costa.

Nudibrânquios são lesmas do mar, moluscos gastrópodes. Como o nome sugere, suas brânquias de fato são nuas, pois carecem de revestimento mais sólido como nas guelras dos peixes. O órgão respiratório é filamentoso e flutua geralmente no dorso do animal. Ao contrário de seus primos terrestres, são lindíssimos, ostentando uma coloração rica, variada e magnífica[13]. Quase sempre são pequenos, mal alcançando cinco centímetros, e minha lupa faz prodígios. Há os que se arrastam lentamente sobre um apoio rochoso ou coral e outros que nadam livremente no mar. Destes, os mais famosos são as dançarinas espanholas que exibem movimentos ondulatórios graciosos; quando grandes e de cor vermelho rutilante realmente parecem dançar flamenco e fazem a alegria dos mergulhadores, principalmente dos fotógrafos. É uma das grandes estrelas do oceano!

Fandi apontou algo com sua longa vareta metálica e as máquinas fotográficas voaram na direção. Esperei minha vez e aproximei-me ao local com cuidado. Era um nudibrânquio grande, de uns dez ou mais centímetros, cheio de projeções polipoides grandes, como se sofresse da doença de Von Recklinghausen[14] em estágio avançado. A coloração era um tema sobre bege e nada me dizia, mas a forma! Uma criatura muito estranha. Mais tarde soube que foi batizado de *solar powered nudibranch*, ou seja, nudibrânquio com energia solar, por causa das algas que alberga no seu tecido de revestimento e que fazem fotossíntese fornecendo energia à lesma, como aos corais[15].

Depois dirigimo-nos à direção oposta, passando por baixo do nosso barco e chegamos à abertura de uma gruta rasa. No teto, a poucos metros da superfície, havia uma ostra elétrica. Já conhecia esse molusco bivalve incrível de um mergulho feito em Palau. Este estava aberto, mostrando a

---

13 Foto 9 e Foto 10.
14 Doença de Von Recklinghausen é uma neurofibromatose caracterizada por grandes tumores na superfície da pele. A peça teatral e depois filme *Homem Elefante* é sobre um paciente com esta doença.
15 Foto 11.

carne vermelho-sanguínea com sua rica floresta de tentáculos finos em tentadora movimentação e percebiam-se claramente as faíscas de fosforescência que iam e vinham em seus dois lábios carnudos[16]. Subitamente, a ostra desvaneceu e uma face apareceu do nada: era Angelique sorrindo. Talvez fosse narcose de fim de mergulho; estava praticamente sem ar, mas, felizmente, a três metros da superfície.

16 Foto 12.

INCIDENTE COM TOM E RECORDAÇÕES DA INGLATERRA

Começamos o almoço depois de uma hora da tarde. Tínhamos que comer rápido e, sobretudo, com moderação porque o próximo mergulho Jeremie havia marcado para as 14h30, tendo em vista que contratamos um *dusk dive* para ver os peixes-mandarins. Esse é um mergulho programado para o anoitecer e a lancha sai as 17h30. Duas horas entre as visitas ao fundo do mar é um intervalo conveniente.

Os Stallman e Mark almoçaram conosco. Assim que nos servimos do bufê, Bob contou a situação desagradável pela qual passaram no primeiro mergulho do dia. O barco foi ao Nudi Point com eles, Tom e mais três pessoas. Ao se aproximarem da ostra elétrica, o fotógrafo atropelou todo o grupo e ocupou o espaço como se o molusco fosse exclusivamente seu. A ostra costuma ser o *grand-finale* do Nudi Point, quando a reserva de ar dos mergulhadores já está baixa. Bob com seu corpanzil é um consumidor grande do tanque e teve que voltar à lancha. Naturalmente Katty, que além de ser sua mulher é o seu *buddy* de sempre, acompanhou-o. Assim, não viram a ostra elétrica e foi justamente por isso que voltaram ao mesmo local com Jeremie.

– Pois é, fiquei tão nervoso que ao auxiliar minha mulher a tirar a nadadeira nem percebi que deixei cair uma delas. Queria dar um murro na cara daquele sujeito!

– *British beast* – falou Mark. – Ainda há tempo para você dar o troco.

– O *dive master* chamou-lhe a atenção no barco e ele se desculpou. Fiquei quieto, porém decidimos não mais mergulhar com ele – rosnou Bob entre os dentes.

– Muito bem-vindos ao grupo – Mariana sorriu amistosamente para o casal.

Vi Angelique falando com a Emmy e fiz sinal para que sentasse conosco. Ela fez um gesto de recusa dando a entender que tinha algo a fazer lá fora. Terminamos o almoço, despedimo-nos de Bob, Katty e Mark, e fomos aos nossos bangalôs. Ricardo perguntou o que achava da situação.

– Em princípio, nada. Essas coisas acontecem. Há que se ouvir o outro lado.

– Bem, o senhor sempre foi anglófilo, pelo menos desde o tempo em que estagiou no hospital São Bartolomeu. Em todas as viagens sempre elogiou o comportamento dos britânicos e chamou atenção para a sonoridade mais bonita do inglês falado por eles.

– É verdade, Ricardo. Minha admiração começou durante a primeira visita a Londres, em 1959. Então decidi fazer o meu pós-doutorado por lá, o que aconteceu cinco anos mais tarde. Mas sabe, na Inglaterra não se fala um inglês bastante uniforme como é o português no Brasil, existem muitas pronúncias e dialetos diferentes. Quando menciono a beleza da pronúncia, refiro-me ao 'inglês BBC' que, na realidade, é uma língua artificial usada pela classe educada e não pelos habitantes das diversas regiões da Grã-Bretanha. Quanto ao inglês falado nos Estados Unidos, de fato acho menos eufônico e mais difícil de entender. Os americanos articulam mal as sílabas e usam uma nasalidade que não gosto. Repare como é nasal o inglês falado pelo casal Stallman. O próprio nome Bob quando a mulher o chama soa como se fosse dito por um fanho.

– Uai, eu não acho, até gosto mais do americano. Parece menos pernóstico que o inglês – interveio Alexandra. – O professor tem razão, Ricardo. É preciso escutar o que o Tom tem a dizer. Vou falar com ele.

Estávamos chegando ao bangalô que eu ocupava com Alexandra e Mariana ponderou:

– Não faça isso, Alexandra. Para que colocar mais lenha na fogueira? Deixe que o tempo se encarregue do assunto. A gente se vê logo no centro, vamos só escovar os dentes, já são 14h10.

O mergulho à tarde foi no Nudi Falls, praticamente ao lado da baía de Kungkungan, bem perto da costa onde se viam várias casas de pescadores e trapiches. Na baía havia três embarcações maiores e uma dúzia de canoas de pesca.

Não encontrei mais nudibrânquios do que no Nudi Point e até queria ver outros seres marinhos. Concentrei-me nas estrelas-do-mar, classificadas como equinodermos asteroides. O filo foi batizado de equinodermos por ter a superfície dura e espinhenta. Espinhos são características essenciais dos ouriços-do-mar que pertencem ao mesmo filo, porém ao contrário destes as estrelas-do-mar têm cinco braços sugerindo a forma de estrela que valeu à classe a designação de asteroide. A variação é enorme. Há de todos os tamanhos, desde minúsculas, de poucos centímetros, até grandes, medindo mais de um metro de ponta a ponta. Animais de cores distintas e berrantes convivem na mesma área, há estrelas-do-mar vermelhas, azuis, amarelas e verdes. São carnívoras, sendo ostras e mexilhões as refeições preferidas. São seres inofensivos, podendo ser manuseados sem problemas.

A água no Nudi Fall é bastante suja e no fundo há muito lixo. A cultura do comportamento ecológico correta ainda não chegou à comunidade dos pescadores locais. Uma tristeza. Lá pelas tantas, vi uma estrela-do-mar vermelha que tinha um braço muito mais longo do que os outros, pelo menos o dobro. Com certeza sofreu uma amputação e a regeneração por alguma razão foi hipertrófica. Lembrei-me da experiência que tive em Wakatobi, na parte sul da ilha indonésia de Sulawesi, um dos melhores lugares para mergulhar no mundo[17]. Existe uma espécie danosa que come corais e pode trazer prejuízos imensos, como já foi observado na Grande Barreira de Coral da costa australiana. São estrelas-do-mar que possuem espinhos grandes, devem ser manuseadas com cuidado porque são venenosas e o ferimento é bem doloroso. Lá há lindos corais e existe um esforço dos mergulhadores de exterminar as estrelas-do-mar espinhosas. A técnica é retirá-las da água e levá-las à praia para morrerem, pois se despedaçadas no mar cada parte regenera em um animal inteiro.

---

17 Ver mapa de Sulawesi.

Fiz sinal ao Fandi de que pretendia terminar o mergulho. Era um lugar raso, de modo que não precisava me acompanhar. Subi ao barco e enrolei-me na toalha estendida por Álit. Escutei uma gritaria vindo da praia. Lá havia uma pessoa aos berros olhando fixo em nossa direção.

– O que é que ele está dizendo?

– Nada. O homem está bêbado – respondeu Maboang.

iPOD PERDIDO E MANDARINS

Tom cuidava de seus equipamentos fotográficos na tina quando chegamos à praia. Mariana e Ricardo foram ao chuveiro, Alexandra parou para conversar com o inglês e eu fui ao barracão me desvencilhar das roupas. A ideia era ficar por aí aguardando o *dusk dive*. Todos foram ao laboratório e, aproveitando os cinquenta minutos até a próxima briga com as roupas, resolvi checar meus *e-mails* no prédio central. Kungkungan Bay Resort anunciava facilidades *wireless* nos seus bangalôs, mas na prática a única possibilidade de entrar na internet – e assim mesmo aleatória – era o computador à disposição dos hóspedes no segundo andar do restaurante. Tempo perdido, não funcionou. Desci a escadaria em caracol e encontrei a gerente.

– O senhor Shi Ping Shu, um dos chineses, perdeu seu *iPod*. Por favor, pergunte se os seus amigos encontraram um por aí.

– Emmy, acho que sei onde está o *iPod*. Venha comigo.

Levei-a até a varanda e procurei pelo aparelho. Nada. Tinha sumido.

– Olhe, nós vimos ontem um *iPod* no fundo do mar junto à varanda. Creio que o local foi este – e apontei para a área onde o tínhamos visto –, mas desapareceu. Nem nos ocorreu avisá-la. Acho que erramos. *So sorry*.

Enquanto nos preparávamos para ver os mandarins, contei a história do *iPod* ao pessoal.

– Azar do chinês. Mesmo se recuperado é difícil salvar um equipamento digital caído em água salgada. Aqui então é impossível, talvez em um centro tecnológico avançado – observou Alexandra.

O crepúsculo no mar era maravilhoso. O céu tinha alguns nimbos e a umidade dos trópicos o enriquecia de cores. À medida que o sol baixava, ao amarelo do poente o pincel vespertino foi acrescentando o alaranjado e o vermelho. Do zênite da abóbada celeste um manto esverdeado se estendia ao ocidente; para o lado oposto, a tonalidade azul aprofundava, preparando-se para dormir. Tudo prometia um espetáculo magnífico, mas nós chegamos a Aer Perang, o local do castelo dos mandarins, e tínhamos que mergulhar. Vontade de esperar uns dez minutos não faltava, mas o pôr do sol se repetiria nos dias em que passaríamos em Lembeh e os peixinhos caprichosos têm horário programado.

A visibilidade ainda era boa e sem demora nos aproximamos da morada dos peixes-mandarim. Era um amontoado marrom de uns quarenta a cinquenta metros quadrados. Eram corais do tipo chifre-de-veado em múltiplas camadas – em alguns pontos alcançavam três metros de altura e em outros não passavam de um metro. À primeira vista, a massa coralina apresentava uma disposição ordenada, as hastes de coral duro se entrelaçavam formando um labirinto apertado de espaços uniformes. O nome dado a esse coral é feliz, pois os corais são iguais aos chifres de cervos e veados, tendo até uma ponta esbranquiçada. Infelizmente, a cobertura do montículo em muitas partes estava quebrada e os destroços se espalhavam por muitos metros quadrados para a tristeza dos mergulhadores que observassem o conjunto de cima.

A ordem era ficar na areia ao lado dos corais e procurar pelos peixinhos. Escurecia rapidamente e na penumbra cinzenta o intrincado emaranhado marrom transmitia uma sensação de vazio, quase lúgubre: um castelo do conde Barba Azul sem portas.

Acendemos as lanternas e fomos à procura dos mandarins. De repente, como por encanto, no meio do labirinto começou um movimento, no princípio discreto e, depois, cada vez mais animado. Os peixes-mandarins fulguravam nos focos luminosos. Com sua túnica azul adornada por todas as cores do arco-íris, é uma das criaturas mais lindas do universo. São cobertos com o mais precioso esmalte, que faísca conforme a incidência da luz[18]. Seus movimentos são graciosos e ágeis e, como têm um tamanho diminuto, de três a sete centímetros, a comparação com os beija-flores é óbvia. Para acasalar saem do labirinto e a um ou dois palmos da superfície do coral rodopiam numa valsa tão rápida quanto breve e voltam à intimidade da toca. Ricardo teve a impressão de que o mesmo macho dança com várias fêmeas, uma após a outra. Até pode ser, porém haja energia...

---

18 Foto 13.

O castelo coralino tem outros habitantes pequenos. Fiquei particularmente encantado com os peixes cardinal-bangai que pareciam um enxame de borboletas[19]. Chegavam sem temor a poucos centímetros da minha máscara, curiosos em saber quem eram esses intrusos gigantes a soltar imensas borbulhas barulhentas. Seus corpinhos caprichosamente listrados com bandas negras têm enormes nadadeiras, que parecem decoradas com paetês. Que diferença vê-los em aquários e no seu *habitat*!

Passamos mais de hora observando as maravilhas da natureza que coloca as suas mais belas obras-primas em lugares que parecem estéreis. Subimos com os tanques praticamente vazios e encontramos as estrelas cintilando no ar quente dos trópicos.

A luz estava acesa no laboratório quando Alexandra, Mariana e Ricardo subiram com suas máquinas fotográficas. Fui direto ao bangalô relaxar antes da janta. Sentia-me cansado; cinco mergulhos num só dia é demais para quem já fez 70 anos. Tinha uma forte dor de cabeça.

Antes das 20 horas dirigi-me ao restaurante. Ao passar pelo balcão da administração topei com Angelique.

– Estou procurando alguém para ir comigo aos *highlands*. O senhor não gostaria de fazer esse passeio?

Lembrei que entre as brochuras na mesa do apartamento havia uma com o título Highland Tour, e eu tinha separado, a fim de mostrar ao grupo. Era minha proposta para o último dia em Lembeh, quando já não mais poderíamos

---

19 Foto 14.

mergulhar por causa do voo para Sorong, contudo o convite era muito tentador.

– Com muito prazer. Vamos dividir as despesas. Quanto é?

– Oitenta dólares. Está incluído o carro com motorista e guia. Refeições e bebidas por nossa conta.

– Fechado. Não quer jantar conosco?

– Obrigada, mas não posso. Perdoe-me. Está bem nos encontrarmos amanhã às 8 horas?

Claro que estava. Sentei-me numa mesa e pedi o *shiraz*. Antes que o garçom trouxesse a garrafa, chegaram os Stillman e Mark.

UM JANTAR DESAGRADÁVEL

– Vamos aguardar a turma brasileira. Estão atarefados com seus equipamentos fotográficos, porém chegarão logo. Já pedi uma garrafa de *Jacob Creek's*.

Bebericamos e comentei o mergulho com os mandarins, recomendando-o a Mark. A trinca não demorou em chegar e tomaram assento à mesa. Uma olhadela era suficiente para ver que Alexandra estava aborrecidíssima.

– Acho que perdi todas as minhas fotos dos mandarins! – explodiu. – Não sei o que aconteceu à máquina. Ainda bem que Tom se ofereceu a tentar recuperá-las e verificar o problema. Eu perdi a paciência!

Bob e Katty se entreolharam calados. Mark observou em tom glacial:

– Se eu fosse vocês tomaria cuidado com aquele britânico. Atrás daquele charme prestativo, esconde-se uma personalidade perigosa e violenta.

– Você o conhece?

– Infelizmente – respondeu Mark acentuando a palavra como quem encerra o assunto.

Alexandra respeitou a privacidade de Mark, porém não deixou de declarar sua opinião a favor de Tom como profissional competente.

– Ele ganhou o prêmio do ano da *National Geographic Society* pelas fotos das raias manta da ilha de Yap. Realmente são maravilhosas! Imaginem, ele trabalha com quatro câmaras ultramodernas. Tem uma só para fotografia infravermelha, de última geração. Olhe, eu lamento muito, mas o convidei para tomar um drinque conosco após o jantar.

Um silêncio desagradável seguiu-se à declaração de Alexandra, como no momento em que alguém comete uma gafe. Tentei levar a conversa para as coisas boas do Brasil: cataratas do Iguaçu, as vistas do Corcovado e Pão de Açúcar, as praias do Nordeste, as cidades barrocas mineiras e festas populares. Esforços inúteis; tudo soou artificial, frases polidas curtas, cortesias emperradas e assim ficamos patinando na maionese derramada. Após o "Magnum" – picolé de creme com cobertura de chocolate, na realidade, a única sobremesa decente da casa –, os estrangeiros deram boa noite e se retiraram.

– Alexandra, acho que você não deveria ter elogiado o Tom diante deles. Bob e Katty já tiveram um entrevero com ele, Mark chamou-o ontem de besta e hoje revelou que teve algum incidente mais sério com ele no passado – comentou Mariana.

– Mariana – intervim –, não acho que a Alexandra tenha sido grosseira. Ela tão somente declarou sua opinião. Talvez num momento inadequado, concordo. Entretanto, ela está grata ao Tom pela ajuda oferecida em uma situação bem aborrecida.

Ricardo colocou o ponto final no capítulo:

– Mas que o jantar foi a pique, isso foi.

– Pessoal, estou com uma intensa dor de cabeça desde o *dusk dive*. Penso que amanhã nem vou mergulhar. Acho que excedi minha cota e tenha mais nitrogênio no corpo do que o permitido. Não levem a mal, mas vou me retirar. Divirtam-se.

Os meus ex-alunos preocupados e solícitos levantaram-se e ofereceram ajuda; Alexandra ficou constrangida. Disse umas palavras defensivas que traduziram sua inquietação de ser responsável por meu mal-estar. Tive um trabalhão tentando inutilmente tranquilizá-los. Quiseram até me acompanhar ao bangalô. Na porta do restaurante me despedi com firmeza e dei alguns passos na escuridão. Nisso, duas asas quase tocam meus cabelos e vi um vulto negro desaparecer na noite.

– Que coruja atrevida! –, comentou Ricardo.

– Não é coruja não, Ricardo. É morcego – respondi prontamente.

– Puxa, professor, desse tamanho? – perguntou Ricardo.

– Sim, é chamado de raposa-voadora. É da mesma ordem dos morcegos. Há vários gêneros que pertencem à família dos pteropodídeos. Algumas espécies apresentam mais de metro de envergadura – expliquei didaticamente.

Pronto, passei dos limites. Lá vem o 'prooofessor' do Ricardo, pensei. Mas não veio e aí caiu a ficha: era uma brincadeira típica dele. Já vira muitas raposas-voadoras em suas andanças por Bali e Austrália e, na realidade, reconheceu-a imediatamente.

A silhueta de Emmy materializou-se na soleira da porta:

– Por favor, sei que três de vocês são médicos. Temos um problema mais sério com uma das hóspedes; acho que é algo com o sistema nervoso. Será que alguém poderia dar uma olhada? Trata-se de uma mergulhadora italiana.

– Mariana, vamos ver o caso – disse Ricardo. – O senhor vá repousar e curar essa dor de cabeça.

E o casal desapareceu na noite seguindo a esteira da gerente.

No terraço do bangalô parei para respirar o ar noturno. Pesava uma calmaria sobre a natureza e nenhuma folha se mexia. O canto dos grilos e o coaxar dos sapos eram mais fortes do que o usual. A atmosfera era espessa e úmida, anunciando temporal. Entrei e baixei os rolos de bambu que serviam de cortinas às grandes janelas do quarto. Observei que eram menores do que os vidros e podia espiar o bangalô vizinho mesmo quando arriados. Como de costume, desliguei o ar condicionado e deixei o ventilador do teto em baixa rotação. À noite não gosto de ar condicionado nem nos trópicos. Apaguei a luz e estiquei-me na cama.

Não consegui dormir de imediato, estava cansado demais e um desconforto inqualificável crescia em mim, como uma virose que invadisse todas as minhas células, e comecei a transpirar. Tentei inutilmente reunir meus pensamentos tumultuados e dispersos: os neurônios não me obedeciam. *Preciso concentrar as forças e pensar em algo agradável.* Após um devaneio que parecia não ter fim, fixei-me no passeio que faria com Angelique.

Angelique, Angelique, Angelique... Um campo verde com algumas flores silvestres que mudava para paisagem semeada de carcaças... No meio de uma floresta densa, um lago com águas violáceo-escuro, nas quais uma multidão de morcegos pescava algo... De um cenário arenoso e infinito, como nas pinturas de Salvador Dalí, brotavam vulcões vomitando fogo e raios coruscantes me ensurdeciam com seus trovões... Estava imerso num mar cujas águas lentamente se transformavam em lodaçal, fazia uma força imensa para nadar, porém afundava cada vez mais na escuridão e a agonia da falta de ar transformou-se em pânico! *Que ruído é esse? Estão batendo à porta!*

Acordei num sobressalto. Pesadelo ou realidade? Relâmpagos clareavam por instantes meu quarto, cujas paredes estremeciam com os trovões. Ouvi fortes batidas na janela à esquerda da cama. Olhei através da fresta deixada pela cortina de bambu e vi a fúria da tempestade tropical que desabara sobre Kungkungan. O galho de um arbusto fustigado pelo vento batia no vidro. Depressa, antes que quebrasse, vesti um calção, enfiei os chinelos nos pés e saí no temporal. Rapidamente quebrei o galho e voltei ao quarto. Enxuguei-me cuidadosamente e enfiei-me embaixo do lençol.

Na noite que me restava, dormi profundamente.

QUINTA-FEIRA

EXCURSÃO AOS *HIGHLANDS* COM ANGELIQUE

Minutos depois de deixar a baía de Kungkungan estávamos na periferia de Bitung e nosso guia começou a mostrar serviço:

– Com mais de 100 mil habitantes, Bitung é o principal porto de Minahasa, como chamamos essa região de Sulawesi, da qual Manado é a capital e que vocês já visitaram[20]. Bitung vive basicamente da pesca e do turismo. Exportamos muito atum para o Japão. Também temos uma produção agrícola significativa, pois o solo é vulcânico e muito fértil. Em instantes veremos *gunung* Dua Saudara, o vulcão que domina a paisagem de Bitung. Em nossa língua *gunung* significa montanha e *dua saudara* dois irmãos. Quase todas as montanhas de Minahasa são vulcões, porém apenas um

20 Ver mapa de Minahasa.

ou outro apresenta erupções. Os mais ativos são o Lokon e o Empung, bem próximos um ao outro.

– Estão em erupção agora? – perguntou alguém.

– Não, não. *Gunung* Lokon esteve em atividade em 2003, mas agora só está fumegando como veremos mais tarde, se as nuvens permitirem – respondeu o guia.

Angelique e eu ouvíamos as explicações de Kyai, em um inglês muito bom. Chamou-me atenção a quantidade e a pujança das igrejas que na absoluta maioria eram evangélicas de todas as correntes.

– Kyai, estou impressionado com o número de igrejas. Elas parecem um bom negócio por aqui, o povo deve ser muito crente.

– Interessante sua observação, senhor. Ao contrário de outras partes da Indonésia, a população de Minahasa é cristã. Os portugueses trouxeram o catolicismo, os holandeses o protestantismo e, mais recentemente, temos uma onda de evangelização, primeiro vindo de fora, principalmente dos Estados Unidos, depois, por iniciativa local. As igrejas se multiplicaram. Pregar religião deve ser uma atividade lucrativa, porém é bom lembrar que existe um público ávido por crenças, posso dizer que elas são uma necessidade básica porque somos supersticiosos. Creio que embaixo da crosta religiosa cristã ainda flui vigoroso o animismo ancestral em nossas veias. É difícil expulsar o sentido sacro, a *anima* de tudo que compõe a natureza e o cosmo... – e Kyai fez uma pequena pausa reflexiva. –Vocês não pensam assim?

– Certamente, a natureza e o cosmo são mais dignos de fé do que o altar dos pregadores – disse Angelique. – E há ainda xamãs?

– Muitos, muitos. Sobretudo nos pequenos vilarejos. Aqui mesmo, em Bitung, as famílias recorrem a eles em caso de necessidade. Na dúvida é melhor somar as bênçãos dos dois lados. Os sacerdotes católicos e os pastores protestantes vivem fustigando os xamãs, entretanto não creio que Cristo se incomode com eles – disse o guia.

– Certamente não, Kyai. Se passarmos por uma drogaria ou supermercado, por favor, pare – pediu Angelique.

Não demorou três minutos e estacionamos em frente a um supermercado. Descemos. Angelique, depois de alguma dificuldade de comunicação, conseguiu o absorvente que desejava. Eu comprei duas barras de chocolate *Toblerone*.

Enquanto esperávamos o carro, depois do café da manhã, tínhamos conversado um pouco para nos conhecermos melhor.

Angelique Cortot era parisiense e tinha se formado em sociologia, na Sorbonne. Há quatro anos concluiu a pós-graduação na área de saber pela qual está apaixonada: sociologia rural. O pai tem uma indústria de laticínios e ela muito cedo foi picada pela curiosidade da origem do leite transformado na fábrica. Ainda criança foi levada a conhecer as vacas e cabras e ela adorou os animais, pastagens e as paisagens rurais. Também ficou encantada com a boa gente que cuidava dos animais, os pequenos produtores que abasteciam o negócio da família. O contraste entre os moradores da metrópole e os habitantes do campo no começo deixou-a confusa, depois curiosa e finalmente despertou seu interesse para estudar e compreendê-lo melhor. Sentia-se muito à vontade na zona rural e nos intervalos escolares passava dias com os camponeses nas suas propriedades.

A família dela era da classe média alta, o que lhe permitiu viajar pelo interior da França e dos países vizinhos. Essa situação financeira cômoda também a possibilitou seguir a carreira de socióloga na Universidade de Paris. Não tinha nenhuma inclinação para a política – como tantos outros que abraçam a sociologia, mas que abandonam a profissão pelas paixões eleitorais e debates parlamentares. Desde a adolescência fazia *trekking* com as amigas e seus esportes preferidos eram canoagem, montanhismo e mergulho. Paralelamente à sociologia completou o curso de jornalismo.

Perguntei se estava só. Ela respondeu que aos 29 anos ainda era solteira. Expliquei que minha indagação fora mal-entendida; realmente, não tenho o hábito de devassar intimidades, ao contrário, evito fazer qualquer pergunta que possa ser interpretada como bisbilhotice.

– Ah, compreendo. Hoje, ainda estou sozinha, mas amanhã espero quatro colegas da Sorbonne para fazer observações sobre o desenvolvimento humano da sociedade rural minahassense. Faz parte de um grande projeto do nosso Departamento de Sociologia Rural. Eles devem chegar em Manado amanhã vindos de Paris. Eu vim de Tóquio, onde estive trabalhando com o professor Hideyuki Agawa da Universidade de Keio, que participa do nosso projeto, e por isso cheguei antes – completou Angelique.

O carro parou em Sawangang para visitar o cemitério de sarcófagos de pedra, que levam o nome de *waruga*. A origem desse rito funerário perde-se no alvorecer da história de Minahasa e se perpetuou até o século XIX quando o governo holandês obrigou a sociedade local a sepultar seus mortos sob a terra, alegando motivos de salubridade. A cerimônia era bem singular: o falecido era sentado numa cadeira e amarrado até seu cadáver enrijecer; depois, desamarrado, o faziam circular pela casa numa despedida simbólica e, finalmente, era colocado em posição acocorada no *waruga* com seus objetos de uso pessoal mais preciosos e estimados.

Os sarcófagos que vimos eram quadrados e possuíam tampa em forma de prisma[21]. Na superfície externa havia alto-relevos que, além da finalidade estética, indicam a identidade da ou das pessoas falecidas. O tamanho dos *warugas* variava: nos maiores repousavam famílias inteiras. Tradicionalmente, os sarcófagos de pedra ficavam junto às casas, integrando a propriedade da família. Não havia cemitérios comunitários. Claro está que com o passar dos séculos muitos *warugas* ficaram deslocados. As famílias se extinguiram ou migraram, os sítios mudaram de mãos e, assim, espalhados por toda Minahasa havia túmulos abandonados, até que algumas décadas atrás começaram a reuni-los nos cemitérios das comunidades.

Ficamos surpreendidos ao descobrir que entre os cento e muitos *warugas* de Sawangang havia alguns onde repousavam portugueses, os primeiro europeus a chegar neste canto do mundo, holandeses e até japoneses.

---

21 Foto 15.

CHINESES E ALEMÃES

– Vamos ver como está o professor – sugeriu Ricardo a Alexandra.

– Vá, Ricardo. Eu preciso falar com o Tom. Embora ele não tenha recuperado os mandarins, o equipamento funciona perfeitamente e suas orientações para usar o *flash* estão dando certo. Veja que beleza ficou o Rhinopia que encontramos – ela respondeu.

Alexandra toda feliz mostrou no visor da câmara o peixe-escorpião que acabara de fotografar. Realmente estava bonito na sua roupagem rosa-imperial. O mergulho da manhã compensou levantar às 6h30, ainda mais depois do papo com Tom noite adentro. O inglês tinha uma rica vivência do mundo e uma conversa espirituosa e agradável.

– Está bem. Estaremos no mergulho das 11h15. Eu vou com a Mariana.

Ricardo bateu cautelosamente na minha porta. Nada, nenhum sinal de vida. Quando ia bater de novo, Mariana interrompeu:

– Ricardo, são apenas 9 horas e o professor deve estar dormindo. Sabe-se lá como passou a noite. É melhor voltarmos na hora do almoço.

E foram para o centro.

Quando Mark soube que eu não participaria do próximo mergulho, indagou se o casal se incomodaria se ele fosse com o grupo novamente. Claro que não. Perguntou pela Alexandra e quando soube que estava no laboratório com o Tom, não disfarçou seu desconforto.

– Pronto – sorriu Ricardo dirigindo-se à Mariana em português. – Por falta de cortejo a nossa amiga não precisa se preocupar.

Mariana limitou-se a balançar discretamente a cabeça.

Os Stallman chegaram e encenaram uma saudação muda, já que estavam com a boca cheia de *brownies*, que uma indonésia oferecera com suco de manga. Em alguns minutos apareceu Alexandra e o grupo começou a preparar-se para conhecer os habitantes marinhos de Pantai Parigi.

Ao voltar do mergulho, antes de entrar no apartamento, Alexandra bateu na minha porta. Complementou o silêncio com um gesto de surpresa e foi tomar banho. Ricardo e Mariana, prontos para o almoço, passaram por nosso bangalô e, após golpear a janela, chamaram pelo meu nome. Concluíram que deveria estar no restaurante e aguardaram que Alexandra se aprontasse. Os três passaram pela piscina onde, como era de se esperar, não viram ninguém se torrar com o sol dos trópicos a pino. Evidentemente, não podiam encontrar nenhum sinal meu no salão e nem na varanda.

No segundo andar, também nada. Preocupados, passaram na administração e perguntaram a Emmy se tinha me visto. Ela esclareceu que eu fora a uma excursão de dia inteiro com a Angelique.

– Que danado – exclamou Ricardo –, não conta nada e sai à francesa deixando todos preocupados. Como se não bastasse o caso da italiana.

–Você quer dizer que saiu com a francesa. Pelo menos ele é discreto – resmungou Alexandra.

– Gente, o professor estava cansado mesmo e decidiu não mergulhar. Para alguém que passou dos setenta, cinco mergulhos por dia é muito. Como é que ia nos avisar se saímos mais cedo do que ele?

– Uai, deixando um bilhete – observou Alexandra. – Mas que história é essa da italiana?

Ricardo esclareceu em tom profissional que se tratou de uma mergulhadora que ficou inconsciente no fundo do mar no fim do mergulho noturno. Embora retirada com vida e ressuscitada com manobras de respiração boca a boca e massagem cardíaca, quando a examinou, junto com Mariana, estava de pupilas dilatadas e outros sinais de descerebração.

– O que! Estava morta? – assustou-se Alexandra.

– Ainda não. Falei descerebrada – respondeu Ricardo.

– Como assim? – perguntou Alexandra.

– Não sei. Isso cabe à polícia, se é que há investigação policial neste fim do mundo – disse Ricardo.

– E não há nada para fazer? – a voz de Alexandra estava alterada.

– Nada, é um quadro fechado.Vamos comer – concluiu Ricardo.

Durante o almoço, Mark tomou conta da conversa e falou sobre os chineses e os Hollnager, que dividiam com ele o bangalô isolado. Shi Ping Shu e Wang Shia Hong eram altos funcionários do Ministério das Finanças em Pequim. Ambos tinham participações de empreendimentos privados, um privilégio duvidoso, porém típico dos membros do Politburo chinês. São relativamente moços, em torno dos 35 anos, o que faz crer que ingressaram cedo no Partido, provavelmente na época de secundaristas, e sugere considerável habilidade política e bom preparo profissional de ambos.

Os Hollnager são de Dortmund, cidade que, com Essen e Düsseldorf, constitui a maior conglomeração urbana da Alemanha e centro da indústria pesada. Franz era dono de uma fábrica de máquinas para sapatos e viajava frequentemente para fazer negócios, principalmente nos Estados Unidos, na China continental e em Taiwan, e no Brasil.

– Parece que ele vai uma vez por ano ao país de vocês. Ele falou em duas cidades, mas eu não guardei os nomes, só me recordo que ficam no Sul e há muitos alemães. Vocês deveriam falar com ele e a esposa, Frida, que geralmente o acompanha. É possível que falem algum português.

– As cidades devem ser Novo Hamburgo e Franca, grandes produtoras de sapatos. Franca fica em nosso estado, São Paulo, não muito longe da cidade em que nasci. Novo Hamburgo é uma cidade pertinho de Porto Alegre, capital do Rio Grande do Sul, o estado mais sulino do Brasil e que recebeu um grande contingente de imigrantes alemães – esclareceu Ricardo.

– Depois da Segunda Guerra Mundial? – indagou Bob Stallman.

– Não, é uma imigração antiga, ainda dos fins do século XIX.

– O irmão de Franz é Helmuth, um pouco mais jovem do que ele, e veio com a sua filha Gertrud, de 22 anos. Ela fala um inglês impecável e pelo que entendi estuda direito comercial em Londres. O pai é diretor de uma das divisões da multinacional Thiesen-Krupp e a filha segue a mesma trilha. Os Hollnager são gente bem posta – concluiu Mark.

– Bob é também diretor-comercial em Fort Worth, nos EUA – interveio animadamente Katty. – De uma firma de casas pré-fabricadas. Enquanto eu não sou nada.

– Você cuida deste desastre que sou eu e é a mãe de minhas duas filhas e do meu filho. Já é muita coisa, não acham? Mas, diga Mark, esses chineses, como são mesmo seus nomes?

– Shi e Wang.

– Shi e Wang. Eles são meio estranhos, não são?

– Talvez sejam homossexuais. Condição que certamente não pode ser assumida na China, muito menos por gente do Politburo. Lembeh está suficientemente longe de Beijing para rolar uma aventura, se for o caso. Entretanto, devemos reconhecer que são muito discretos e educados.

Ao voltar para o apartamento, Ricardo murmurou entre os dentes:

– Talvez homossexuais, não. São bichas-loucas mesmo – e deu uma risadinha.

PAISAGENS DE MINAHASA

O carro subia penosamente. A estrada que levava ao topo do morro de Tamboan, além de extremamente sinuosa, possuía apenas uma cobertura virtual de asfalto. Antes não tivesse, se fosse de terra pelo menos não haveria panelões, aqueles buracos de estrada temidos pelos caminhoneiros, que a toda hora ameaçavam a ponta de eixo do veículo. Finalmente, alcançamos o topo com uma plataforma de concreto que servia de base a um quiosque e um caramanchão. O local oferecia uma vista magnífica da região, com florestas, plantações e vilarejos. Lá longe, perto do horizonte, os vulcões serviam de sentinelas ao cenário e Lokon erguia-se majestosamente dominando seus pares. Alguns flocos brancos cobriam seu cume, para o nosso desapontamento[22]. Bem distante, embaixo à direita, o lago Tondano estendia-se pre-

22 Foto 16.

guiçosamente até se perder da vista[23]. Numerosos povoados viam-se dispersos pelas margens de suas águas azul-acinzentadas.

No mirante havia um grupo de escolares, meninos e meninas, todos uniformizados, que desfrutavam a magnificência do panorama e davam vazão à sua alegria com uma tagarelice animada. Angelique dirigiu-se aos adolescentes perguntando quem falava inglês. Uma onda de "eus" passou pelo grupo e logo começou um entusiástico intercâmbio de ideias.

Era uma satisfação grande observar a bela francesa interagindo com os estudantes: segura de si, em minutos conquistou a confiança dos jovens. Sem dúvida tinha jeito para professora. Do meu subconsciente emergiram algumas alunas de pós-graduação que tivera. Como sombras de nuvens fugazes passaram a Helena, hoje professora de neuroanatomia na Austrália; a Maria, andaluza radicada no Brasil, que a morte precoce roubou da patologia experimental; a Suzana, que aos 30 anos já tem uma bagagem científica invejada por muitos veteranos, e algumas outras faces familiares. Meu devaneio foi disperso pela professora que nos cumprimentou calorosamente e deu ordens à turma para que fossem ao ônibus esperando diante do quiosque. Antes das despedidas, Angelique tirou algumas fotos dos estudantes e lhes mostrou no visor da câmara. E lá se foram felizes fazendo a algazarra própria para a idade.

A maioria dos jovens eram filhos de camponeses e alguns tinham até apontado suas casas entre as plantações que

23 Ver mapa de Minahasa.

atapetavam Tamboan. Na realidade, as terras cultiváveis todas pertencem ao Estado e os agricultores são permissionários. Angelique comentou a ausência de miséria em Minahasa, tão comum no resto da Indonésia, e fez uma crítica aos critérios do IDH.

– Os índices de desenvolvimento humano divulgados pela ONU são importantes, mas longe de serem perfeitos. A ideia foi do economista paquistanês Mahbub ul Haq, que os apresentou no início dos anos 1990 e logo foram adotados pelas Nações Unidas. Entretanto, veja: na classificação pontificam os países escandinavos que certamente apresentam altos índices de riqueza, alfabetização, educação, longevidade e outros valores humanos, contudo, o alcoolismo, as depressões e o suicídio, frequentes na Escandinávia, não contam para a listagem do IDH. Em fins de semana na capital da Islândia até os cachorros estão caindo de bêbados!

– Concordo, Angelique. Eu não sei qual é a classificação da Indonésia, porém imagino que a corrupção espantosa deste país e outros, como do Brasil, tampouco conta para o IDH. Creio que os critérios para obter a licença para trabalhar estas terras devem ser, no mínimo, duvidosos – disse eu.

– Isso é verdade. Não duvidosos, mas diria sofridos. As ditaduras do Estado nunca conseguiram desenvolvimentos socioeconômicos, sobretudo sociopolíticos, sadios. Nos experimentos mais bem-sucedidos, apenas proporcionaram uma felicidade de jardim zoológico. Quero dizer um bem-estar artificial, contra a natureza humana. A Indonésia está no grupo médio, entre 0.800 e 0.600 – comentou Angelique.

Não sabia o que esses números significavam, entretanto tendo nascido em Budapeste e visitado meia dúzia de países comunistas, achei a observação de Angelique bem orientada.

Kyai interrompeu o nosso diálogo e sugeriu que prosseguíssemos o passeio. Demos mais uma olhada na paisagem e vimos Lokon em toda sua glória, agora livre de nuvens. De longe a fumaça que saía do cume parecia penacho em chapéu tirolês. Angelique pediu um momento para fotografias. Enquanto apontava sua câmara, observei seu corpo escultural que fazia uma linda silhueta no céu azul. Desta vez, as recordações que me assaltaram foram bem outras, das namoradas que tive e não tive.

Entramos no restaurante Danau, uma enorme estrutura de madeira sobre palafitas, agarrada às margens do lago Tondano[24]. Certamente poderia receber mais de duzentas pessoas. No meio da construção havia um grande espaço retangular livre sobre as águas com uma rede que servia de tanque para peixes. Atendendo aos pedidos, os garçons capturavam-nos com caçapas armadas na ponta de longas varas à vista de todos. Espetáculo bem divertido, imperdível aos fotógrafos. Kyai orientou os nossos pedidos, que demoraram para se materializar sobre a mesa, permitindo documentação cuidadosa do pitoresco ambiente pela Angelique. Durante o almoço comentei suas habilidades de fotógrafa. Ela contou que fazia reportagens ilustradas com suas próprias fotos para diversas revistas do globo.

– A sociologia é um tema bem procurado e aceito pela mídia. Por isso fiz curso de jornalismo e também de fotografia.

---

24 Ver mapa de Minahasa.

– A medicina também é matéria cobiçada e está sempre em evidência – observei. – Então temos dois fotógrafos profissionais em Kungkungan: você e Tom Shand. Sabia que ele ganhou um prêmio importante da *National Geographic Society* com as mantas de Yap?

– Roubando as minhas fotografias – respondeu ela secamente.

TENSÕES NA HOSPEDARIA

Jeremie estava nervoso e desnorteado, não tinha certeza como tratar a situação. A francesa declarou, assim que chegou ao centro de mergulho e viu a lista de participantes, que não mergulharia em nenhum grupo em que estivesse o sr. Shand. Ontem houve o incidente desagradável entre Shand e o casal Stallman, que mudou de turma. Hoje pela manhã tudo esteve sob controle, pois boa parte dos hóspedes que chegou na véspera ficara nos seus bangalôs descansando. Entretanto, agora, nos mergulhos da tarde, ele tinha que acomodar trinta e oito mergulhadores nos quatro barcos que a EcoDivers mantinha em Kungkungan. Jeremie respeitou as afinidades entre os hóspedes, o mal-estar dos Stallman e afixou o nome dos componentes dos grupos no quadro de avisos. Mal terminou sua tarefa quando chegaram as srtas. Willoughby e Houlden dizendo que se negavam peremptoriamente a participar de qualquer grupo em que estivesse o sr. Shand.

Fandi, que presenciou tudo, deu a solução: eu não tinha aparecido pela manhã e tampouco até o momento. No barco dele o grupo era de nove, sem mim, oito. Portanto, se colocasse as srtas. Willoughby e Houlden ficariam dez, número perfeitamente razoável.

– Tem certeza de que não virá? – Jeremie estava inseguro e quase explodindo de irritação.

– Não tenho. Como disse até o momento não deu sinal de vida. E, se aparecer, sairei com onze; não é problema. Por que você está tão nervoso?

Sem responder à pergunta Jeremie riscou os nomes de Helen e Gré do grupo 2 e escreveu-os na lista 4 apagando meu nome.

Não sei qual é o problema com o sr. Shand, mas talvez fosse melhor embarcá-lo com Sempena no Antares, com o filipino Boyet de bônus, pensou rangendo os dentes. *Antares* era a pequena lancha quebra-galho para seis pessoas.

A hospedaria estava animada. Chegaram uma turma de holandeses, vários americanos, alguns alemães, dois casais ingleses e um suíço. Todos os dezessete quartos foram ocupados. Ainda bem que a lotação estava aquém do número máximo de pessoas porque, além de ter alguns apartamentos ocupados por uma única pessoa, a maioria tinha duplas, sem leitos adicionais para abrigar quatro hóspedes.

O mergulho da tarde correu muito bem. O local escolhido foi Mawali Wreck, no outro lado do estreito, onde havia um naufrágio interessante, a vinte e sete metros de profundidade, povoado por peixes. Era um barco indonésio com grande cabine e um porão que permitia a exploração, visto que tinha uma abertura no convés e um rombo no casco suficientemente amplo para um mergulhador passar. Assim, não era considerado fechado em termos técnicos como, por exemplo, uma caverna que requer cuidados especiais para sua exploração. De bônus, o grupo viu duas raias de pintas azuis e uma moreia enorme, que impunha respeito.

Na volta, o sol da tarde batia de frente, incomodando os olhos, de modo que durante a travessia quase todos viraram suas cabeças para leste e miravam a ilha de Lembeh no outro lado do estreito. As infinitas tonalidades de verde da densa vegetação vibravam como se as folhas dançassem nos raios dourados. Alexandra, animada como sempre, batia fotos da ilha e conversava com o casal americano que acabara de entrar no grupo. Propunha ver os peixes-mandarins. Claro que assim teria oportunidade para repor a documentação perdida. Durante todo o retorno Helen estava cabisbaixa como se estivesse imensamente cansada e Gré, ao seu lado, recolhida em silêncio.

– Você convidou o casal Lane para o *dusk dive*, Alexandra. Mas nós não combinamos um mergulho noturno?

– Isso é verdade Mariana, mas você não acha que poderíamos nos separar? Preciso fotografar os mandarins! Eu espero vocês no restaurante e jantaremos juntos. Está bem?

Alexandra voltou feliz do mergulho. O exame preliminar dos retratos prometia e foram elogiados por seus novos amigos canadenses e Mark, que decidiu acompanhá-la no *dusk dive*. Nenhum deles era fanático por fotografia submarina, de forma que ela teve todas as possibilidades de tirar belas fotos. Após a ducha, trocou de roupa e se dirigiu ao restaurante. Mark já estava com os Hollnager bebendo cerveja e imediatamente convidou-a sentar à roda. A conversa girava em torno de Cingapura[25], onde estiveram no mesmo hotel. Marina e eles praticamente chegaram juntos, com apenas quinze minutos de diferença. Trocaram experiências agradáveis, sobretudo em *shopping centers* e restaurantes. Alexandra acrescentou:

– Cingapura é um milagre político, econômico e social. Apenas em três décadas saiu de uma condição miserável e se transformou em uma cidade moderna de fazer inveja ao Primeiro Mundo. É uma prova viva de que dá para progredir nos trópicos, desde que haja seriedade e trabalho. Infelizmente, esses são artigos raros na América do Sul. A única coisa que temos em comum com os cingapurenses é a afabilidade. Eles são muito prestativos e gentis.

– Também podem ser muito duros – falou Gertrud.

Os Hollnager relataram um episódio desagradável. Ao desembarcar no magnífico aeroporto Changi encontraram uma família detida por policiais: pai, mãe e duas filhinhas. Ela chorava convulsivamente e dizia uma coisa confusa ao marido em alemão. Aparentemente, encontraram droga na bolsa da mulher. Situação mais que séria, pois a penalidade do país para o tráfico e o uso de drogas é a morte. Helmuth conseguiu trocar algumas poucas palavras com a família e o homem implorou-lhe que entrasse em contato com a embaixada suíça imediatamente. Antes de ser silenciado pelos guardas, ele gritou: somos suíços e meu nome é Johann Frisch!

---

25 Ver mapa da Indonésia.

– Foi o que fiz tão logo me instalei no hotel – concluiu Helmuth. – Espero que tudo não passe de um mal-entendido e que a família Frisch já esteja em liberdade. Realmente não pareciam pertencer à comunidade dos drogados.

– *Son of a bitch*! – exclamou Mark.

A HISTÓRIA DE ANGELIQUE

Enquanto almoçávamos, Angelique contou o incidente ocorrido em Yap. Ela tinha visitado esse pequeno conglomerado de ilhas da Micronésia durante suas últimas férias. Yap é mundialmente conhecida por ter a maior e mais pesada moeda do mundo e pelo cardume de raias-manta que possui.

As moedas são grandes pedras em forma de disco e perfuradas no centro para duas ou mais pessoas poderem carregá-las com varas. Algumas são realmente espantosas, pois excedem a altura de um homem. Os yapenses começaram a trazê-las de Palau possivelmente há dois mil anos. Uma façanha muito intrigante. Primeiro tinham de obter as rochas por meio de negociações com seus vizinhos palauenses. Depois, era necessário dar a forma desejada, a da lua cheia, com suas ferramentas primitivas, coisa nada fácil porque são rochas calcárias bastante duras. Finalmente, havia que se enfrentar o transporte por canoagem, uma aventura bem arriscada: com condições de mar favoráveis levava em torno de uma semana. Esse transporte de valores, com certeza, custou algumas canoas e muitas vidas de yapenses que descansam no fundo do oceano ao lado de seus tesouros.

Agora, a maior interrogação, e jamais explicada, é por que essas pedras serviram – e ainda servem – como um lastro de valor econômico. Em última análise, é uma convenção bem semelhante ao dinheiro de papel que, em uma ilha deserta, é tão inútil como a moeda de pedra ou até mais. Em Yap e na Polinésia em geral, as conchas do mar também serviram como unidade monetária, porém convenhamos que são mais práticas para transportar e trocar do que rochas[26].

–Você estudou as moedas yapenses? – perguntei.

– Não. Minha curiosidade era a influência de culturas estrangeiras sobre as comunidades autóctones de Yap, que vivem em vilas separadas e autônomas. Cada uma tem chefia e corpo de conselheiros próprios. As ilhas de Yap fazem parte dos Estados Federados da Micronésia e possuem um governo democrático eleito pela população que, curiosamente, não só reconhece a legitimidade das vilas como lhes dá *status* de governo. Assim, Yap possui quatro poderes: Executivo, Legislativo, Judicial e Tradicional, constituído pelos chefes das vilas. Historicamente, é claro que Yap sofreu a influência de várias culturas estrangeiras. Após a descoberta portuguesa, em 1525, apareceram os espanhóis, ingleses, holandeses, alemães, japoneses e americanos. Em tempos mais recentes, nos últimos 150 anos, os alemães, espanhóis, japoneses e americanos estabeleceram colônias permanen-

---

26 Foto 17.

tes e ficaram décadas nas ilhas. Queria avaliar nas minhas férias o impacto dessas civilizações sobre a cultura local, para um eventual projeto futuro do nosso Departamento, lá na Sorbonne. Publiquei uma reportagem sobre as tribos de Yap na revista *Études*, já que o sr. Thomas Shand roubou as minhas fotos das mantas – explicou Angelique.

– Posso saber como foi isso?

– Encontrei Shand no bar do hotel O'Keefe. É um lugar aconchegante e decorado no estilo inglês. Ele tem um repertório rico e, sem dúvida, sabe agradar as mulheres. Um tipo *charmant*, embora trinta anos mais velho do que eu. Nos mergulhos fomos *buddies* e fotografávamos as mantas durante dez dias. Nos intervalos analisávamos as fotos. Eu consegui alguns *closes* excepcionais, maravilhosos[27]. Ele é excelente técnico, porém tem pouca sensibilidade. Diz-se profissional e parece que vive da fotografia. Certamente não é um artista. Pois bem, ao final dos mergulhos, enquanto fui tomar banho e trocar de roupa, Shand tirou minha máquina do tanque, transferiu as fotos para seu computador, e recolocou o *chip* sem as melhores tomadas das raias gigantes. Apenas percebi o roubo em Paris e só fiquei sabendo quem é o ladrão quando vi a publicação na revista da *National Geographic Society*.

– *Ma pauvre Angelique.*

Queria dizer mais alguma coisa, mas Kyai chegou e, após perguntar se o almoço foi do nosso agrado, sugeriu continuarmos o *tour*.

---

27 Foto 18.

Paramos no lago Linow. É um dos locais favoritos de passeio dos minahassenses. Kyai explicou que em certos dias, ajudado pela incidência dos raios solares, o lago apresenta três cores nítidas: azul, verde e vermelho. Vimos muitos matizes azuis e verdes que mudavam a todo o momento por causa da sombra das nuvens e de correntes causadas por numerosos jorros de água quente provindos do solo vulcânico. Entretanto, as tonalidades vermelhas tinham vergonha de se exibir. O guia disse que a água era sulfurosa – que o forte odor não desmentia – e brotava a 80°C. Um único pássaro, uma espécie de andorinha, ficava sobrevoando a superfície do lago e bicando algo. De resto parecia desprovido de vida: as águas rodeadas por espessa mata faziam sozinhas o espetáculo, em contraste com a rica e fascinante fauna de Minahasa.

Tinha lido nos folhetos do hotel sobre um passeio à reserva de Tangkoko Batuangus, que reúne o melhor da flora e fauna da região e conduz um competente programa de preservação da vida selvagem. Uma pena que não consegui visitá-la.

Também havia uma oferta para ver társios que era bem tentadora, mas o programa era noturno e para mim um pouco cansativo demais; o esporte mergulho é exigente. Este é um animalzinho que apenas vi uma vez no jardim zoológico de San Diego, fora do seu *habitat* natural. É um macaco primitivo, um prossímio, de hábitos noturnos. É pequeno, não chega a 20 cm de comprimento, tem olhos enormes, esbugalhados, dedos compridos, membros posteriores alongados e cauda comprida sem pelos, como a dos ratos, só que bem mais móveis. Foi batizado como *Tarsius spectrum* e bem posso imaginar que, com sua aparência espectral, deu um bom susto ao primeiro cientista que o viu ao luar. É um dos animais que atravessou a linha Wallace.

O grande naturalista inglês Russel Wallace, fundador da zoologia geográfica, andou por este canto da Terra no século XIX e percebeu que havia faunas específicas na Oceania e na Ásia. A linha imaginária que separa essas duas faunas, a que se deu o nome Wallace, após décadas de incertezas foi fixada entre Bornéu e Sulawesi[28]. Entretanto, esta ilha possui, entre sua dominante fauna oceânica, diversas aves e mamíferos asiáticos e o társio é um deles. Como é que atravessaram o mar entre as duas ilhas?

– *Preciso dar uma olhada nisso*, pensei. *Também é possível que estas ilhas estivessem unidas em épocas geográficas relativamente recentes. Preciso ver esse assunto.*

– Acho que seria bom prosseguir o passeio – Kyai interrompeu minhas reflexões.

Angelique tirou mais duas fotos e lá fomos para o carro.

---

28 Ver mapa da Indonésia.

MERCADO DE TOMOHON

Chegamos ao mercado de Tomohon[29]. Kyai perguntou se já conhecíamos mercados indonésios. Asseguramos que sim, pois se há uma coisa que vale a pena visitar em qualquer lugar são as feiras locais, sempre oferecem aspectos pitorescos e curiosos. Geralmente, os asiáticos apresentam uma enorme variedade de produtos, muitos desconhecidos pelos ocidentais. Sem dúvida têm mais especiarias do que os nossos mercados e as dezenas de ervas, sementes e pós soltam uma nuvem de perfume que envolve todo o ambiente e ameniza alguns odores agressivos. A sujeira também chama a atenção; em parte por falta de programas educativos apropriados para o tratamento do lixo e preservação do meio ambiente, mas também pela atitude em relação ao decaimento dos alimentos e do material orgânico em geral. A tendência é aceitar com mais naturalidade os restos de vegetais, legumes e frutas, assim como das carnes de todos os tipos, que ficam

29 Ver mapa de Minahasa.

jogados no chão. Perguntei à Angelique se ela se incomodava com isso.

– Não, nem um pouco. Claro que gostaria que evoluíssem para uma limpeza maior, porque patinar nessa podridão é desagradável. No entanto, repare que muitos povos orientais têm menor rejeição às secreções e fluidos corporais do que nós. Eu não tenho nojo de nada humano e sempre achei que a educação da assepsia tende ao exagero e até à neurose no Ocidente. O que adianta lavar toda hora a chupeta, se a criança lambe o chão e mastiga tudo que encontra, até a orelha do totó da casa? Nada, absolutamente nada. Só deixa as mães neuróticas.

Não podia deixar de concordar totalmente com Angelique. A sala de autópsias é um bom educador em matérias de fluidos e dejetos corporais. Entretanto, deixando a patologia de lado, o trabalho diário da enfermagem em qualquer hospital também tem muito a dizer sobre esse assunto, e as pessoas sempre enfrentam mais cedo ou mais tarde doenças na família que exigem cuidados em casa. Muitas vezes, os idosos passam por um período de invalidez crescente antes de sair desta vida e o lugar deles morrerem é em casa não em depósitos hospitalares. Observei muitas vezes que para essas situações as famílias asiáticas estão mais bem preparadas do que as europeias, em geral.

– *C'est la merde!* – exclamou Angelique com o olhar fixo numa carroça.

Dois indonésios estavam transportando uma gaiola grande cheia de vira-latas.

– É, em muitas partes do sudeste asiático, inclusive no sul da China, é normal o consumo de carne canina. Você não sabia?

– Sabia, mas nunca tinha visto. É monstruoso!

– Eu vi nos mercados de Cantão e Saigon. A carne de cão deve ser bastante apreciada, porque é mais cara do que a bovina. Por que você está tão chocada? Não disse que aceita tudo que é humano?

– Pelo amor de Deus! Os cães participam da sociedade humana há mais de dez mil anos. Não à toa são símbolos da fidelidade. É como se fosse canibalismo!

– Entendo sua revolta. O problema principal é afetivo, porque os rebanhos equino, bovino, ovino e caprino também têm um pacto antigo com a civilização. E quem se importa com os bois, cabras e ovelhas? O próprio cavalo é consumido em vários países, até na França. E os gatos que passam por lebres?

– Cavalos só foram comidos na França durante a Segunda Grande Guerra. Não me diga que não é revoltante!

– Angelique. Repito, compreendo você. Tenho três cachorros adoráveis e compartilho suas emoções, apenas não condeno a cultura local. Lembro que tanto em Paris como em São Paulo os cães vadios são retirados da rua e sacrificados com gás. Uma forma de extermínio talvez bem pior do que veremos por aqui. Depois são cremados ou dados aos grandes carnívoros que habitam os zoológicos e circos. E você já pensou nas gloriosas expedições polares? Muitos dos pioneiros da exploração ártica e antártica, entre eles o grande Amundsen, usaram trenós puxados por cães que eram comidos de acordo com um plano minucioso para o bom êxito da aventura. Um canibalismo premeditado, se me permite usar uma expressão sua. Já imaginou abater e comer um *husky*?

Caminhamos em silêncio pelo mercado. Vimos uma dona de casa apontar um animal, imediatamente retirado com um laço da gaiola e morto com uma destra paulada. Acompanhamos o destino do cadáver. Foi levado para uma ampla cavidade feita no chão onde vários cães, assim como ratos silvestres e morcegos gigantes, chamadas raposas-voadoras, eram chamuscados com maçaricos para pelá-los. Depois transferiam os corpos enegrecidos para uma mesa, onde ficavam à disposição dos compradores. Pretos como carvão e expostos no balcão, os cachorros perdiam sua identidade e todos pareciam bem iguais, variando apenas no tamanho. Os ratos eram atravessados com finos espetos de madeira como churrasquinhos[30]. Os morcegos eram grandes e sem as asas, expostas, separadas, provavelmente para fazer sopa. Todos estavam boquiabertos, exibindo a dentição afiada e restos de sangue na cavidade bucal[31]. Um espetáculo forte até para patologistas. Angelique fez a documentação fotográfica de tudo. Uma vendedora gentilmente montou as asas numa raposa-voadora já pelada e, exibindo a carcaça junto ao rosto, posou para o retrato.

Giramos mais um pouco pelas bancas que tinham uma variedade enorme de produtos, desde comestíveis, vestuários, artigos eletrônicos e até escolares. O setor que vendia peixes era particularmente extenso, tendo muitos sacos com mercadorias secas e peixes frescos dispostos em longas tábuas sustentadas por fileiras de cavaletes. Observamos magníficos atuns que brilhavam na luz intensa da tarde. As peixarias

---

30 Foto 19.
31 Foto 20 .

estavam fechando e os feirantes recolhiam seus produtos, expondo mais o chão de barro que estava molhado, escorregadio e fétido. Antes de entrar no carro, ficamos um bom tempo limpando as solas e assim mesmo tive a sensação de que emporcalhava o tapete do veículo.

Os conceitos e hábitos com que se cresce são bem enraizados, pensei.

GARDENIA COUNTRY INN E AROK INTAN

– Tomohon é conhecida como a Cidade das Flores. Temos um festival anual de flores durante os meses de junho e julho e em todas as festas públicas ou privadas a participação das flores é obrigatória. Eu diria que os arranjos florais são lindíssimos, coisa de se ver. Agora vamos visitar os jardins do Gardenia Country Inn – disse Kyai.

Nós ouvíamos calados o entusiasmo do guia, digerindo as impressões deixadas pelo mercado. O carro seguiu por algumas ruas tortuosas, avançou por uma avenida movimentada e alcançou a periferia da cidade. Como se fosse mágica, a paisagem urbana transmutou-se em colinas semeadas de casinhas, todas com pequenos jardins cheios de flores. Nosso mutismo reflexivo abriu frestas para uma receptividade sensorial crescente. Apareceu entre as árvores um pagode de estilo chinês bem alto, tendo muitas, talvez oito a nove beiradas. Passamos por uma cancela e estacionamos.

O Gardenia Country Inn estende-se por vários hectares no vale formado entre os vulcões Locon e Mahawu. Parece um jardim botânico com tapetes de relva aparados com carinho, aqui e acolá interrompidos por laguinhos e tanques caprichosamente dispersos. Alguns bangalôs de madeira escondidos entre árvores frondosas e arbustos floridos revelam que se trata de uma hospedaria, mas são os canteiros de flores que encantam os olhos.

Gladíolos se perfilam disciplinados e multicoloridos exibindo sininhos sobre as espigas eretas. Uma multidão de crisântemos apresenta chapéus criativos e deslumbrantes que devem ter inspirado as toucas da *belle époque*. Longas camas de terra fofa hospedam rosas vermelhas, amarelas e brancas que coroam altas e esguias hastes cobertas de espinhos, brindando-nos com doces recordações e saudades. As adênias abrem-se para que se escolha a mais bela e as ratãs, cultivadas em pequenos potes, surpreendem com anéis vermelhos, lilases e amarelos que circundam seus botões centrais verdes. Cascatas verdes de disquídias enfeitam rochas espalhadas pelo gramado como se tivessem sido confeccionadas com papel de cera, e verbenáceas racemosas ou em capítulos cumprimentam o visitante com suas corolas espevitadas, cada flor espichando pistilos delgados.

Os antúrios e as orquídeas refugiam-se na meia-luz de caramanchões em discreta cumplicidade erótica. *Algumas flores têm menos imaginação do que outras*, pensei, ao ver que a variedade de espádices dos antúrios empalidece perante a diversidade de cálices exibida pelas orquídeas. Não há desfile de modas no universo que chegue sequer perto da elegância, requinte e classe destas flores elusivas das florestas tropicais. A flor nacional do país é uma falenopse, *Phalae-*

nopsis amabilis, que surpreende por sua modéstia entre tantas orquídeas exuberantes; talvez foi escolhida justamente pela amabilidade e não pela roupagem.

O passeio pelo jardim proporciona surpresas gratificantes a todos os sentidos. Enxames de borboletas e libélulas esvoaçam de flor em flor à procura do néctar preferido. Carpas deslizam como sombras do arco-íris entre nenúfares nos laguinhos em que flores de lótus reinam solenes e imaculadas. Muitas árvores majestosas de imensas copas abrigam passarinhos em animada tagarelada e coqueiros brotam intumescências floridas e cachos de frutos dourados e avermelhados. Tufos de bambus erguem-se em leque sobre a relva saudando a vida.

Os jardins do Gardenia Country Inn, escondidos entre os vulcões de Minahasa, são um hino à harmonia e à beleza.

Kyai apresentou-nos uma mulher sentada numa área sombreada entre potes, pás e carrinhos de mão, rodeada por alguns jardineiros.

– A senhora Mariah Intan, dona do Gardenia Country Inn.

Ela tinha um aspecto matronal e usava um longo avental azul escuro e botas. O rosto era impressionante: exsudava, por assim dizer, alegria, satisfação com a vida e paz interior. Cumprimentamos fazendo sinceros elogios ao trabalho que frutificou nesse lugar tão aprazível e lindo e, após breve troca de amabilidades, despedimo-nos deixando-a com suas tarefas e fomos em direção ao estacionamento. Em frente ao restaurante, encontramos um homem baixinho com uma pá de jardineiro. Portava um chapéu de palha, óculos de lentes grossas, camisa branca surrada, calça azul desbotada e botas de borracha.

– O senhor Arok Intan. O dono da hospedaria.

Ele fazia um par perfeito com a mulher que acabávamos de ver: alegre, simples e comunicativo. Seu inglês era muito bom. Nas apresentações logo se esclareceu que era um colega meu: patologista forense e professor de medicina legal das faculdades de medicina de Manado e de Jayapura[32]. Descobrimos até que fizemos pós-doutorado no mesmo lugar: St. Bartholomew's Hospital, de Londres.

Tivemos um papo cordial e proveitoso, já que ele conhecia Sorong, nosso próximo destino. Essa cidade fica na parte indonésia de Nova Guiné, como Jayapura, é o porto de embarque para Raja Ampat, onde iríamos mergulhar depois de Lembeh. Professor Intan contou um pouco sobre as tribos que habitam o altiplano e as matas de Irian Jaya e ainda à margem da civilização moderna. Mencionou os asmat, que vivem na idade da pedra e foram estudados por Michael Rockefeller. Em 1961, ele desapareceu durante uma de suas visitas e o legista suspeita que teria sido devorado pelos asmat ou outra tribo. Certamente, não é a versão que consta nas biografias do antropólogo.

Na hora das despedidas, perguntei:

–Você é de Java, Arok?

Ele riu:

– Não, sou daqui mesmo. Meu pai participou das lutas pela nossa independência e foi grande admirador de Pramoedya Toer, o autor do livro clássico da Indonésia que você deve ter lido: *Arok of Java*. Mudando de assunto, perdoe se vou lhe molestar, mas preciso de suas luzes. Sabe, a hospedaria de Kungkungan está me dando bastante trabalho.

32 Ver mapa da Indonésia.

MORTES NO KUNGKUNGAN BAY RESORT

Para nosso espanto, o professor Arok relatou que hoje fizera a autópsia de um mergulhador que trabalhava na hospedaria e outro cadáver esperava seus serviços, o de uma turista estrangeira.

– Eu gostaria falar consigo a sós, pois não é assunto para esta bela jovem. Você poderia tomar um chá gostoso com minha mulher; com certeza não demoraremos mais de meia-hora.

Angelique, sem demonstrar contrariedade, seguiu em direção ao restaurante e nós fomos até o viveiro de mudas onde tínhamos encontrado dona Mariah Intan. Arok disse algumas palavras à mulher, que se retirou calmamente, e nós ficamos confortavelmente acomodados na sombra oferecida por uma trepadeira densa com flores pendentes como se fossem miniaturas de lustres.

O legista primeiro relatou a autópsia que fizera logo depois do almoço. Era o corpo de um indonésio barbaramente trucidado, tirado das correntezas do estreito de Lembeh por pescadores. O cadáver era de um jovem e tinha evidências de tortura com incrível crueldade. Havia sinais de amarras penetrantes nos punhos e tornozelos, provavelmente feitas com fios de luz ou material parecido. O corpo estava coberto de feridas provocadas por chicote, algum tipo de bastão rígido e por queimaduras. As rótulas foram esmagadas e os ombros deslocados. Arok constatou fratura de três costelas e o rompimento do rim esquerdo e da bexiga. Seus órgãos genitais haviam sido arrancados.

– Imagino que deve ter sofrido horrores antes de ser afogado. A intenção foi de submergi-lo definitivamente porque havia um rasgão na sua coxa esquerda. Presumo que fincaram um anzol no músculo preso a algum peso, antes de jogá-lo na água. Entretanto, quem cometeu ou aqueles que cometeram essa atrocidade toda, fizeram dois erros: primeiro atirá-lo no meio do estreito onde a correnteza é muito forte e, segundo, fincar o anzol na coxa de qualquer jeito em vez de ancorá-lo bem, por exemplo, no pescoço. Possivelmente, queriam infligir-lhe mais dor. O fato é que as águas arrastaram o corpo até rebentar o tecido e o cadáver boiou.

– E como sabe que é da nossa hospedaria?

– Porque já o identificamos. Tanto o rosto com os dedos estavam intactos. O corpo é de um balinês chamado Álit, trabalhava como mergulhador.

– Álit? Tínhamos um rapaz com esse nome prestando serviço aos mergulhadores. Não sei se era mergulhador, é provável que fosse. Era um tipo simpático de uns 18 a 20 anos.

– Não sei quantos Álit trabalham na hospedaria, é um nome bem comum em Bali. Talvez seja esse mesmo. Ele tinha 22 anos. O caso será resolvido rapidamente pelos investigadores locais. Sei que os estrangeiros desconfiam da competência da nossa polícia e talvez nem estejam totalmente equivocados. No entanto, o delegado chefe de Bitung é íntegro e muito capaz, creia-me. Não é esse caso que me preocupa. Preciso de sua ajuda no outro. Sabe professor, temo que os achados da autópsia sejam pouco conclusivos, pobres, muito pobres.

Arok narrou-me que uma turista italiana de Kungkungan se afogou no mergulho noturno. Ele só se lembrava do primeiro nome, Virgínia, e perguntou se eu a conhecia. Respondi que não, talvez a tivesse visto entre as mergulhadoras, porém certamente o nome nada me dizia. O *dive master* conseguiu trazê-la à superfície, junto com outros mergulhadores, colocaram-na no bote e fizeram manobras de ressuscitação, porém ela descerebrou e acabou falecendo.

– Como sabe que descerebrou?

– A gerente do *resort* informou-me por telefone que esse foi o diagnóstico de um médico brasileiro. O senhor conhece algum?

– Sim, chama-se Ricardo – lembrei-me da solicitação da Emmy em frente do restaurante.

Entendi as dificuldades do legista. Casos de afogamento com sobrevida suficiente para os pulmões se livrarem do líquido acumulado nos alvéolos muitas vezes não permitem comprovar a ocorrência. As manobras de salvamento devem ter sido complicadas. O corpo desfalecido tinha que ser içado para dentro do barco e lá, à luz de lanternas, iniciar a respiração boca a boca e, ao perceber a parada cardíaca, a massagem. Difícil. Só na chegada ao trapiche essas medidas poderiam ser mais eficientes. Fosse como fosse, recuperaram os batimentos cardíacos e a autonomia respiratória, mas a paciente já estava descerebrada. A falta de oxigenação no sistema nervoso central por quatro a cinco minutos é fatal. Felizmente, houve nova parada cardíaca que evitou uma prolongada vida vegetativa.

– O fundo, nos lugares de mergulho do estreito, é bem lamacento, de modo que o exame dos pulmões mostrará evidências de aspiração da água do mar. Contudo, paradas cardíacas e descerebrações não são inequivocamente demonstradas nas necrópsias. Concordo com você – balancei a cabeça para o legista.

– É. Esses casos são assim. Eu não tenho dificuldades em dar o atestado de óbito e fazer o laudo. Entretanto, o delegado espera que lhe dê subsídios quanto a possíveis acidentes com mergulhadores. Ele tomará a decisão de morte acidental ou criminosa. Claro que os testemunhos dos mergulhadores e funcionários apontarão para a primeira hipótese. A gerente, dona Emmy, quererá o menor barulho possível. Assim que soube do falecimento da hóspede pelas duas italianas que ocupavam o mesmo bangalô, despachou o corpo para o necrotério de Bitung, às cinco da madrugada. Sei, também, que já se livrou delas, pois estão depondo na delegacia e com toda certeza pretendendo voltar para casa o mais cedo possível. A senhora Emmy deve ter esclarecido que da cidade tudo seria mais fácil do que da hospedaria: telefonar à Itália, passar pela rotina judicial e legalizar o transporte do corpo da amiga à sua cidade natal. Igualmente deve ter providenciado o fechamento das contas, o transporte e até a reserva do hotel em Bitung das duas italianas com presteza, sem fogo e fumaça, a fim de preservar a rotina de Kungkungan Bay Resort o melhor possível. Mas voltemos ao tema, o senhor pode me auxiliar?

Fiz uma apresentação dos principais acidentes de mergulho e seus aspectos médicos. Deixei claro que meus conhecimentos nessa área não passavam de um leigo mais esclarecido, porém eu sabia lhe indicar a fonte mais confiável de maior experiência: a *Divers Alert Network*, uma associação para assistência a mergulhadores acidentados. Mostrei a Arok meu cartão de membro assegurado da DAN e ele copiou os telefones, o endereço eletrônico e a referência do *site*. Com certeza, ele conseguiria da DAN todas as informações que necessitasse.

Terminamos a conversa e fomos ao restaurante. Angelique estava com a dona Mariah numa mesa coberta por uma toalha branca bordada com flores vermelhas e posta com um jogo de chá de cerâmica lindíssima. Nas pequenas travessas retangulares que traíam a origem japonesa do conjunto havia *petits-fours* variados bem convidativos.

– Uma taça de chá verde?

– Obrigado, mas temos que partir, se não chegaremos muito tarde ao *resort*.

As despedidas não poderiam ter sido mais cordiais e calorosas, o casal Intan era uma simpatia.

RETORNO A KUNGKUNGAN

Kyai disse qualquer coisa que não escutei, estava completamente desligado, mergulhado numa divagação sofrida. Um buraco na estrada me fez retornar ao momento presente e comecei a recompor minha concentração estilhaçada. Descontando os ruídos do motor e dos pneus reinava silêncio no veículo; cabia-me quebrá-lo para comunicar a conversa tida com o legista à Angelique. Disse-lhe tudo resumidamente, cortando os pormenores do sofrimento de Álit. Ela só me interrompeu ao citar o nome do indonésio assassinado.

– Álit?! O rapaz bonitão do nosso barco?!

– Provavelmente, ele mesmo, se não houver outro Álit na hospedaria.

– Que horror!

– Você o conhecia melhor?

– Álit é um tipo que todas as mulheres reparam. Só não o conheci melhor porque três italianas estavam dando em cima dele. Resta saber quem entreteve quem.

Continuei o relato e preparei-me para nova interrupção ao revelar a morte da italiana. Foi exatamente o que aconteceu:

– Virgínia Scatamachia?! Era ela, Giovanna e Rosália que estavam namorando Álit. Todas são de Gênova.

– São suas amigas?

– Não. Encontramo-nos no centro de mergulho e apenas trocamos algumas palavras.

Nada mais falou e fechou-se em suas reflexões. Não deixei o mutismo tomar conta do carro e teci algumas considerações sobre as preocupações do professor Intan.

Acidentes acontecem nos mergulhos e, embora seja obrigatoriamente praticado em duplas, há grande probabilidade de ficar sozinho nas situações de emergência. A dupla não se desloca de mãos dadas e uma distância de cinco a dez metros é suficiente para a incomunicabilidade. E à noite? Mais ainda. Os problemas mais comuns são causados pelo equipamento, pelo ambiente – principalmente correntezas, temperatura e seres marinhos perigosos – e por problemas de saúde. A italiana foi encontrada no fundo das margens do estreito de Lembeh, a 26 metros de profundidade. Portanto, a flutuabilidade dela era negativa e ela nada fez para corrigi-la; isso aponta para um desfalecimento súbito, porque a tendência dos mergulhadores em situações de grave perigo é encher o colete e subir, mesmo enfrentando o risco de traumas nos ouvidos pela rápida variação de pressão e embolias gasosas por acúmulo de nitrogênio: a conhecida doença descompressiva. Os problemas ambientais podem ser afastados: claro que não houve correntezas e, embora animais venenosos não faltem em Lembeh, nenhum deles provoca inconsciência fulminante.

A verdade é que faltam informações essenciais sobre o tipo de cilindro usado e as condições de saúde da vítima.

Teoricamente, o ar enriquecido com nitrogênio, se ultrapassado os limites permitidos de tempo e profundidade, é mais perigoso e com efeitos mais imediatos do que os tanques com ar comum, porque o gás acumulado no corpo do mergulhador é o oxigênio, mais tóxico do que o nitrogênio. Em casos extremos de intoxicação por oxigênio ocorrem convulsões que podem ser fatais. Num lugar em que o fundo está a 26 metros é difícil imaginar um erro que levasse a tais extremos, mesmo se uma pessoa habituada a usar ar normal tivesse seu cilindro trocado por ar enriquecido, misturas de 30% a 40% são próprias para mergulho recreativo. O maior enriquecimento é para equipamentos de alta tecnologia, que eu não vi em Lembeh. Claro que a hipótese de um erro na mistura existe, seja acidental ou intencional, e isso deverá preocupar o delegado de Bitung.

– Mas a probabilidade de comprovar uma troca criminosa de cilindros dias após a fatalidade é zero – disse olhando para Angelique que balançou a cabeça afirmativamente.

Apenas as condições conhecidas de saúde da genovesa serão esclarecidas pelas amigas Rosália e Giovanna. Entretanto, a maioria das pessoas não revela suas doenças e existem possibilidades de intercorrências, como efeitos adversos de remédios, alcoolismo e outras. É raro um mergulhador beber antes de mergulhar, contudo todas as possibilidades devem ser cogitadas. O exame do legista, sobretudo análises toxicológicas, poderão esclarecer o acidente eventualmente, numa minoria de casos. Se forem inconclusivos? Outra dor de cabeça para o investigador. Virei o rosto para Angelique e ela me pareceu distante. Bem podia imaginar seus conflitos. Já estava decidido a juntar-me ao mutismo da escuridão até chegar à pousada, quando ela disparou:

– Álit foi assassinado em que circunstâncias, como se deu a morte dele?

– Foi atroz. Tiraram-lhe até a masculinidade.

Que besteira! Como fui revelar isso? Ela talvez viesse a saber de qualquer forma, mas não era a hora de falar nisso.

– Você quer dizer que o caparam?

Consenti em silêncio.

– Na França isso seria vingança de mulher ou *gay*, aqui é bem provável que seja executado em nome da honra. Para Álit, o sexo tinha um sentido bem diferente do que para os cristãos e muçulmanos daqui, a ele nem as mulheres casadas eram consideradas frutas proibidas, pois era hinduísta. Aos hindus, o problema é muito mais ético que religioso.

A seguir, ela falou sobre o hinduismo de Bali e o cristianismo de Minahasa. Como se dirigisse a si mesmo, fez colocações sobre o sexo nas duas religiões. Que no mundo cristão as mulheres são educadas para associar sexo ao pecado; que vão ao leito nupcial angustiadas pelo remorso; que as mudanças nas últimas décadas só atingiram uma camada superficial e principalmente urbana das sociedades cristãs; e assim seguiu numa invectiva concatenada de críticas à concepção das igrejas cristãs sobre o sexo. Depois teceu loas ao Kama Sutra: o mais antigo tratado do mundo sobre o comportamento sexual; que só poderia ter sido escrito na Índia; que no Ocidente o livro foi proibido e rotulado como pornografia! Falou sobre os templos de Khajuraho com suas esculturas ornamentais eróticas, que não serviam somente ao culto tântrico, mas, sim, como ferramentas de educação sexual para o povo! E por aí continuou com suas convicções de que o hinduísmo transmitia concepções e hábitos sexuais mais saudáveis do que o judaísmo e as religiões dele derivadas: cristianismo e islamismo. Segui seu monólogo sem pronunciar uma palavra. Era um discurso emocional, não totalmente desprovido de algumas verdades, característico das jovens que se consideram liberadas, a duras penas, do jugo de conceitos educacionais recebidos na infância e adolescência. Quando deu uma pausa maior e parecia ter concluído seu desabafo, indaguei casualmente:

– Diga-me Angelique, um jovem como Álit, quase um menino, e bonitinho no seu julgamento, desperta-lhe mais o amor de mãe ou de mulher?

Ela ficou pensativa por um momento antes de falar:

– Boa pergunta. Amor de fêmea mesmo. Não o violento, que chamamos na França de amor apache, não; os sentimentos que eu senti foram de sexo com ternura.

ANOITECER NA HOSPEDARIA

Ricardo sentou-se na poltrona de cana indiana da varanda do bangalô à espera da mulher. Como tantas vezes na adolescência em Ribeirão Preto, fitou distraído a negritude do céu no qual uma multidão de olhos luminosos piscava. A umidade do ar embaçava um pouco o brilho das estrelas, porém, mesmo assim, na ausência de luar a poeira da Via Láctea pintava uma bela faixa na abóbada celeste.

– Boa noite. Sou seu vizinho recém-chegado – uma figura alta saía do apartamento vizinho.

Ricardo cumprimentou-o e fizeram as apresentações. Seu nome era Hans Metlich e informou ser comerciante da Basileia. Mariana saiu do quarto, trocou as amabilidades de praxe com Hans e os três se dirigiram ao restaurante. Na entrada foram iluminados pelos faróis de um carro que acabara de estacionar.

– Oi, professor. Boa noite, Angelique. Puxa, o senhor podia ter avisado de sua ausência. Deixou-nos bastante preocupados.

– Ricardo, foi tudo repentino, de última hora e vocês já tinham ido para o mergulho matutino. Depois explico melhor – não era momento para digressões nem desculpas. –Vão jantar tranquilos, nós já iremos. Necessito de uma ducha para tirar o cansaço e a poeira, prometo ser rápido. Você jantará conosco, Angelique?

Ela acenou afirmativamente, enquanto cumprimentava Hans, e fomos com passos apressados aos nossos bangalôs.

O encontro com a família Hollnager foi mediado por Alexandra com sua habilidade natural. Estabelecer relações e fazer amigos, não importa onde ou a nacionalidade das pessoas, era sua praia, fazia isso com admirável facilidade e naturalidade. Se por acaso perdesse sua prestigiada posição de coordenadora operacional da Microsoft, com certeza poderia ser um *top profissional* de relações públicas. Hans dirigiu algumas palavras de cortesia em alemão e, depois, a conversa continuou a fluir em inglês que, queira-se ou não, é a língua do mundo.

Cheguei quase junto com a Angelique e o garçom emendou uma mesa nas outras duas para acomodar dez pessoas. Sentia-me esgotado e pedi uma garrafa de vinho. O garçom nem teve coragem de comunicar que o estoque de vinho acabara; saiu de fininho e chamou a Emmy para dar a notícia fúnebre, coisa que ela fez com a garantia de repor o estoque no dia seguinte e, mais, teríamos uma variedade de vinhos para atender a nossa preferência. A conversa fluía sem que eu ou Angelique tivéssemos que narrar nossas experiências durante a excursão. Felizmente. Ao final do jantar Alexandra observou:

– Professor, o senhor parece desanimado, bem taciturno; acho que a falta do *shiraz* deixou-o abatido. Anime-se amanhã termos uma completa carta de vinhos.

– Talvez mais duas marcas – suspirei ao pedir o indefectível "Magnum", a sobremesa de todos.

Após os boas noites, ficamos a sós para atender a saideira de Ricardo. No círculo íntimo, achei que deveria narrar as mortes ocorridas e a troca de ideias com o legista. Meus amigos ficaram chocados com o assassinato de Álit e, por algum tempo, circularam comentários, indagações e suposições; todas vazias, estávamos às escuras. Foi Alexandra que mudou a direção da conversa:

– Hans não tirou o olho da Gertrud o jantar inteiro.

– Até que fazem um belo par. Ele deve ter uns 30 anos e é muito bem posto. A face da Gertrud poderia ser mais harmoniosa, porém tem olhos azuis expressivos e um corpo bem feito. Além de tudo, é inteligente e comunicativa – observou Mariana.

Houve uma pequena pausa. Ricardo girou o copo e, seguindo o movimento dos cubos de gelo com o olhar, falou casualmente:

– Acho que sei por que caparam o Sempena.

– Por quê?

– Para que não andasse por aí atrás das cadelas e acabasse no forno. De certa forma, seu nome é adequado: sortudo.

– Bem lembrado, Ricardo. Já quanto ao nome, é um ponto de vista. O professor ouviu a história dos Hollnager em Cingapura? – perguntou Alexandra.

Não, não tinha ouvido e Alexandra me contou o caso da família suíça pega no aeroporto transportando droga.

– Professor, Mark não gostou nem um pouquinho; largou um palavrão: *son of a bitch*.

– *Son of a bitch* é até uma expressão inglesa amena hoje em dia, Mariana – disse Ricardo. – Esses países que têm pena de morte por porte ou consumo de drogas são uma calamidade.

– É uma questão que mereceria um debate internacional. O combate às drogas requer uma estratégia eficiente. Realmente, não sei o que seria melhor: liberar de vez as drogas e distribuí-las gratuitamente tentando quebrar os cartéis que as distribuem e controlar a população viciada, ou agravar a severidade das penas, como nesses países.

– Puxa, professor.

– Isso precisa de muita reflexão para que se tenha uma convicção bem embasada, uma opinião sólida. Mudando de tema: *son of a bitch* não é inglês, é americano. Foram eles que traduziram *verbatim* a expressão filho de uma cadela corriqueiramente usada no México. Em inglês, o equivalente é *bastard*. Aliás, é uma língua bem fraquinha em palavrões. Não passa muito das palavras de quatro letras e a escolha é bem monótona. Podem ver que nos filmes só se ouve *shit* e *fuck* tempo todo.

– Puxa, professor. O inglês é pobre? Não tem a suculência lusitana?

– Meu prezado Ricardo. Em matéria de turpilóquio, o português é igualmente limitado.

– Turpi quê?

– Turpilóquio: expressões torpes, grosseiras, obscenas. Nas duas línguas, a estrutura do turpilóquio essencialmente reúne secreções ou excreções corporais e funções ligadas aos emunctórios e ao sexo. Os atos e comportamentos permanecem no plano humano. Em outras línguas, a coisa é mais complexa, diria... saborosa. O italiano, por exemplo, introduz no tema o religioso, o sacro; mistura no caldeirão a blasfêmia. Já o árabe, que recusa radicalmente a blasfêmia, recruta o reino animal, sobretudo cães, equinos e camelos. Coloca como especiaria a bestialidade.

– Puxa, professor!

– E há o húngaro, que engrossa o caldo com a blasfêmia e a bestialidade. O tempero é bem mais forte. Podem imaginar que expressões como filho da puta e vá à merda lá, em Budapeste, seriam trivialidades sem graça.

Pronto, lá vem o prooofessor!, pensei.

Mas não veio. Aparentemente, despertei certo interesse, menos em Alexandra que parecia concentrada em algo mais intrigante do que turpilóquios.

CONVERSA DOS ALEMÃES

Mark despediu-se dos Hollnager:

– Até amanhã meus amigos. Vejamos se tenho sorte; quem sabe a esta hora da noite a baía de Kungkungan é capaz de se comunicar com o mundo – e subiu a escadaria, enquanto os alemães saíram noite adentro.

– Os brasileiros são muito simpáticos. Arrisquei uma troca de palavras em português com o médico que mora perto de Franca. Como é mesmo o nome?

– É Ricardo, Frida – disse seu marido.

– Claro. Ricardo. Ele foi muito atencioso, mas logo tive que mudar para o inglês. Meu português só dá para hotéis, táxis e lojas.

– Sim, em lojas você sempre se faz entender, minha querida, em todo o globo terrestre, do Brasil à China.

Frida ignorou a alfinetada de Franz e cuidou de seus passos porque mal podia distinguir as lajotas que formavam o caminho até o bangalô; tinha que andar guiado mais pelo tato do que pela visão. Neste lado do prédio principal da hospedaria as únicas luzes que bruxuleavam eram duas lâmpadas: uma ao lado do chuveiro do centro de mergulho e outra, ainda mais longe, no fim do trapiche. Na falta de um luar e com as luzes do bangalô grande apagadas, era escuro como breu e ninguém tivera a ideia de trazer uma lanterna.

– Acho que tanto os chineses como o Tom já se deitaram – falou Helmuth. – Aliás, eles jantaram juntos e pareciam entretidos em uma conversa animada.

– Shi e Wang têm um inglês proficiente. São pessoas influentes e bem-sucedidas economicamente. Trabalhando ao mesmo tempo no Ministério das Finanças e no Politburo colhem vantagens de muitos negócios, bem podem imaginar.

– Você quer dizer que são corruptos, pai? – indagou Gertrud.

– Não. Podem ser corruptos, mas não devem ser. Geralmente, os integrantes da alta cúpula comunista chinesa cuidam de que nenhuma acusação possa colar neles. A intriga, a maledicência e mesmo a calúnia são moedas correntes entre os políticos do Politburo, que cultivam o nobre esporte de eliminar uns aos outros. A participação nas oportunidades que a abertura econômica do país proporciona aos homens de comando tem que ser feita de uma forma transparente e impecável para garantir a sobrevivência.

– Seu pai tem razão. Eu conversei várias vezes com eles entre os mergulhos e mostraram um conhecimento sólido das situações sociais, políticas e econômicas. Imaginem que estavam a par do comércio de sapatos e mostraram vivo interesse de instalar uma indústria de máquinas de fabricar sapatos na China. Uma oportunidade favorável dessas não cai do céu duas vezes. Penso seriamente em fazer uma parceria com eles e abrir uma filial em Xangai – Franz fez uma pausa e acrescentou em tom jocoso:

– A Alexandra até que seria uma excelente gerente desse empreendimento. Aquela brasileira tem uma conversa fluente, fácil e uma lógica fora do comum. Seu raciocínio é rápido e deve ter ótima formação profissional. Não é a toa que a Microsoft a contratou para uma posição tão destacada.

– É, tio. Você ficou quase a noite toda só falando com ela. Quanto aos chineses, me deixe fora disso. Está bem? Achei simpático o Hans Metlich, aquele suíço recém-chegado. Papai, combinei com ele de correr amanhã de manhã, às 6h30.

Helmuth nada respondeu, mesmo porque nada havia a dizer. Uma companhia a Gertrud viria bem e o Hans também lhe causara uma boa impressão. Ele queria completar o relato que iniciara:

– Pois é. Eu estava narrando a cena que vi no refeitório. Observei uma coisa curiosa, inesperada, durante o jantar dos chineses com o inglês. Lá pelas tantas o fotógrafo abriu seu *laptop* e mostrou alguma coisa aos dois. A partir daquele momento, a conversação deixou de ser animada e os sorrisos sumiram. Em pouco tempo, Wang e Shi deixaram os pratos e foram embora, largando o Tom sozinho. Vocês não perceberam?

Ninguém tinha percebido. Frida apenas recordou que viu o Tom bebericando seu uísque tranquilo no fim da refeição como se estivesse feliz da vida.

– Helmuth, o que você acha que aconteceu?

– Não sei. Bem pode ser que nada. O que me chamou a atenção foi a mudança súbita de atmosfera naquela mesa. Como se uma correnteza fria cortasse um ambiente de calorosa cordialidade.

Frida deixou escapar uma pequena exclamação e deu um pulo para o lado.

– Não é nada, querida, apenas um sapo – acalmou Helmuth. Sabem em que estou pensando? Na família Johann Frisch. Devem passar por uma angústia tremenda. Provar que são inocentes não será fácil em Cingapura!

– Será que são?

– Não tenho dúvida, Franz. Você é capaz de imaginar aquela mulher com duas filhas transportando ou usando drogas?

– Já vi de tudo na vida.

– Não duvido. Mas eu suspeito que haja um terrível engano.

Uma faixa de luz veio em socorro dos alemães que estavam subindo a colina e chegando às árvores que protegiam o bangalô.

– *Gutten Abend* – soou a voz inconfundível de Tom, que nada falava de alemão além das palavras mais convencionais. – Com um pouco de luz é mais fácil achar o buraco da fechadura – e iluminou as portas com sua lanterna.

Deram os boas noites e entraram nos aposentos acendendo as luzes. Após a troca de guarda no banheiro, a família Hollnager ajeitou-se nos leitos, cada qual com seus pensamentos que foram esmaecendo até o sono extingui-los completamente e abrir as portas para o mundo dos sonhos.

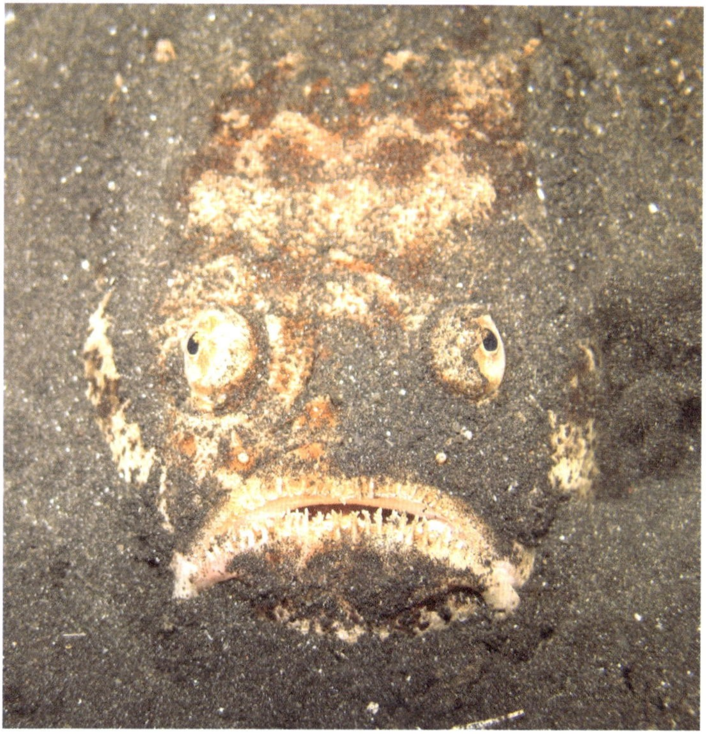

1 Peixe-stargazer (*Uranoscopus sulphureus*). Foto : Renato Minamisava

2 Rhinopia-vermelha (*Rhinopias eschemeyeri*) é um peixe-escorpião. Foto: Renato Minanisava

3 Kungkungan Bay Resort. Foto: Renato Minamisava

4 Piscina de Kungkungkan Bay Resort; em frente, o estreito de Lembeh, e do outro lado, a ilha de Lembeh. Foto: Marina Minamisava

5 Kungkungan Bay Resort, onde se vê a varanda do restaurante. Foto: Marina Minaisava

6 Peixe-sapo cabeludo (*Antennarius striatus*). Foto: Marina Minamisava

7 Cavalo-marinho pigmeu (*Hippocampus bargibanti*) Foto: Adriana Basques

8 Peixe-tubo fantasma halimeda (*Solenostomus halimeda*) Foto: Marina Minamisava

9 Nudibrânquio (*Chromodoris annae*). Foto: Marina Minamisava

10 Nudibrânquio (*Chromodoris lochi*). Foto: Marina Minamisava

11 Nudubrânquio com energia solar (*Phyllodesmium longicirra*). Foto: Adriana Basques

12 Ostra elétrica (*Lima species*). Foto: Adriana Basques

13 Peixes mandarim acasalando (*Synchiropus splendidus*). Foto: Adriana Basques

14 Peixe cardinal bangai (*Pterapogon kauderni*). Foto: Adriana Basques

15 Sarcófagos de pedra; warugas. Foto: Adriana Basques

16 Vista do morro de Tamboan para o vulcão Lokon. Foto: Adriana Basques

17 Vila Tribal em Yap ; note-se a enorme moeda de pedra no meio da foto. Foto do autor.

18 Raia manta (*Manta birostris*). Foto: Renato Minamisava

19 Ratos silvestres no espeto. Foto: Adriana Basques

20 Morcegos gigantes (raposas voadoras). Foto: Adriana Basques

21 Peixe-sapo com antena visível – A flecha superior mostra sua ponta, e a inferior, sua inserção (*Antennarius commersoni*). Foto : Marina Minamisava

22 Peixe-sapo (*Antennarius maculata*). Foto: Renato Minamisava

23 Peixe-vespa cacatua ou peixe-folha (*Ablabys taenianotus*). Foto: Marina Minamisava

24 Cingapura à noite. Foto: Marina Minamisava

25 Leão-sereia, símbolo de Cingapura. Foto: Marina Minamisava

26 Hotel Fullerton e o paredão de edifícios. Foto: Renato Minamisava

SEXTA-FEIRA

MANHÃ COM PEIXES-SAPO

Mariana debruçada na varanda do bangalô perscrutava o mar, enquanto aguardava o marido. A manhã espreguiçava-se nos primeiros raios do sol e a tranquilidade das águas só era perturbada pela correnteza que corria pelo meio do estreito. É interessante, embora houvesse uma correnteza forte, os mergulhos foram todos calmos; como foi dito pela Emmy, Lembeh é sítio de *ladies diving* e as margens não parecem ser afetadas pelo escoamento do oceano. Os pensamentos da Mariana sobre os mistérios do mar foram interrompidos pelo cumprimento ofegante de Hans e Gertrud, que passaram velozmente pelo bangalô.

– Que forma física esplêndida! – Ricardo acabara de sair do apartamento e juntou-se à Mariana.

– É, sem dúvida. E pela transpiração nota-se que já correm há uns bons minutos e ainda não perderam o pique. Vamos ao café da manhã.

Subiram à varanda do nosso bangalô, deram umas discretas batidas nas portas e concluíram que eu e a Alexandra já deveríamos estar no refeitório.

Após os primeiros goles de suco e as perguntas matutinas de praxe, a conversa girou sobre a história contada pelos alemães da família suíça apanhada com drogas no aeroporto de Cingapura. Depois, enquanto nos dirigíamos ao centro, afloraram as expectativas sobre peixes-sapo, os objetivos principais do mergulho. Na véspera tínhamos solicitado a Jeremie e Fandi que nos levassem a um lugar onde pudéssemos ver um peixe-sapo palhaço, o mais lindo desses peixes e a esperança dos mergulhadores. Enquanto os outros se cumprimentavam e arrumavam os equipamentos fotográficos, eu me vestia para não incorrer em atraso.

Já completamente preparado estava de pé diante do casal Stallman que, sentado, lutava com as roupas. Contei um pouco sobre as aventuras que compartilhei com a Angelique no interior de Minahasa. Claro que a narrativa dos cães assados, morcegos fritos e os ratos no espeto fez o sucesso esperado.

– Comer ratos? Que nojo! – torceu a cara Katty.

– Pois acho que é uma boa ideia – respondi. Você sabe que em São Paulo estima-se que temos sete a vinte ratos por habitante, portanto uma massa biológica de 119 a 340 milhões de indivíduos. Já imaginaram o que isso consome de comida?

Contei-lhes que, uns quarenta anos atrás um cientista americano propôs o consumo de ratos pelas populações. As vantagens de ganho em consumo proteico e poupança de nutritivos, sobretudo de grãos devorados pelos roedores, eram evidentes e seus cálculos mostravam números espantosos. Ele até apresentou várias receitas sofisticadas em que os ratos ocupavam lugar de honra.

– O grande obstáculo é cultural. Comem-se camarões, moluscos, rãs e porcos, no entanto jamais ratos. Eles são irremediavelmente associados às doenças e à sujeira – acrescentei.

– Deveríamos ressuscitar a proposição e tentar introduzi-la na Índia – falou Tom, que estava acompanhando nossa discussão com interesse, sem que o tivessemos notado.

– Considerando que são vegetarianos, só se for por um gênio da propaganda – a observação de Mark saiu incisiva e lubrificada por ironia.

– Está bem, então a China seria um bom campo de provas. Afinal, eles não têm inibições, pois comem de tudo. Onde é que estão os nossos amigos chineses para opinar? – e olhou ao redor buscando Shi e Wang, inutilmente.

A troca de ideias entre Bob, Mark e Tom não era uma boa perspectiva e felizmente não precisei improvisar nada porque Fandi entrou no barraco e iniciou o *briefing*.

O local denominado Teluk Kembahu foi realmente extraordinário e não decepcionou ninguém do grupo. Peixes-sapo desfilaram nas variações de preto, amarelo, branco, marrom e avermelhado. São pequenos, imóveis como estátuas, porém capazes de incríveis técnicas de camuflagem. Ainda bem que costumam permanecer nos mesmos sítios por semanas, de modo que Fandi não teve dificuldades de apontá-los para sua freguesia ansiosa por admirá-los.

Os fotógrafos estavam radiantes porque os animais ficaram posando pacientemente, oferecendo os melhores ângulos como se participassem de um desfile de modas. Bem... aí vai um pouco de exagero justificado pelo entusiasmo, porque bonitos não são. A cabeça globosa é atarraxada a um corpo relativamente pequeno cujas nadadeiras laterais parecem patas sobre as quais o peixe se apoia. Os peixes-sapo pertencem à família *Antennariidae*, porque a característica comum desses animais é a presença de uma antena que sai da região frontal da cabeça e que serve de isca para atrair suas presas[33]. É uma modificação da primeira nadadeira dorsal que fica balançando sedutoramente acima da boca enorme do peixe. Por essa razão é também chamado de peixe-pescador, que não considero uma boa alternativa porque se confunde com um grande grupo de peixes abissais antenados. Em inglês, o nome é *frogfish*, que se traduz como peixe-rã, mas que não se usa no jargão dos mergulhadores brasileiros.

Para a nossa alegria havia um lindo espécime de *Antennariidae maculata*, alvo de nossas expectativas, o esperado peixe-sapo palhaço[34]. Creio não estar sendo levado pelo entusiasmo provocado pela raridade do achado ao dizer que é uma criatura bonitinha em sua roupagem branca com manchas vermelhas distribuídas com capricho.

33 Foto 21.
34 Foto 22.

INCIDENTE NO LABORATÓRIO FOTOGRÁFICO

Alexandra foi preocupada ao laboratório. Suas fotos dos peixes-sapo não saíram a contento e tinha a convicção de que alguma coisa estava errada com a iluminação. A chegada da Helen toda alvoroçada chamando por um médico também a perturbara. Ao encontrar Tom, com seu equipamento principal desmontado, ainda estava matutando com a dúvida: *Lá foram Mariana e o professor para atender Gré, que sofreu algum tipo de acidente. Será que virão para o próximo mergulho daqui a duas horas?*

Viu que uma das grandes hastes da máquina de Tom estava desparafusada na mesa.

– Problemas com o *flash*? – perguntou Alexandra.

– Uma pequena regulagem, nada mais – respondeu o inglês alegremente e foi recolocar a haste. – E você? Como vão as fotos?

Alexandra contou-lhe seus problemas e a impressão de que seu sistema de *flash* não estava trabalhando direito. O fotógrafo examinou o equipamento com cuidado e concentrou-se no ajuste da potência do *flash*. Na realidade, esse procedimento é uma dor de cabeça a muitos mergulhadores porque os equipamentos não fazem ajuste automático. Ela ficou admirando a destreza com que o Tom manejava o instrumento.

– Tivesse eu o seu sistema de iluminação. Onde é que você conseguiu seu *flash*? Nunca vi hastes tão robustas e bem feitas como as suas – falou ela examinando o equipamento.

– Não se encontram mais. Foram fabricadas anos atrás por uma firma britânica.

– São muito pesadas?

– Não. É uma liga especial, robusta, mas leve. Veja como ficou bom o seu equipamento. Agora é só voltar e fotografar os peixes novamente – disse rindo.

Alexandra contou que Gré sofreu algum tipo de acidente e que eu e a Mariana fomos atendê-la. Ficaram conversando sobre as numerosas possibilidades. O mar está cheio de criaturas venenosas e essa é mais uma razão para evitar tocar nelas, além da preservação ambiental. Tom falou do hábito dos pescadores e mergulhadores de urinar sobre a região afetada por alguma peçonha marinha.

– E funciona?

– Funciona. Infelizmente, essa técnica é mais fácil para os homens do que para as mulheres. Sabe que os meninos são mais práticos nisso do que as meninas, não sabe? – O inglês deu uma gargalhada e seus olhos fitaram Alexandra. Ela logo percebeu as intenções que estavam prestes a transbordar.

– Seja como for, acho mais aconselhável procurar um socorro competente do que usar mijo como remédio – e

Alexandra voltou sua atenção para algumas fotos que estavam na parede da sala.

– O mijo é bom não por suas propriedades químicas, mas por ser quente. Alivia a dor. Esse professor brasileiro, seu amigo, estudou na Inglaterra? Pergunto porque fala inglês com acento britânico.

– Sim, viveu em Londres por dois anos, porém faz muito tempo.

– Sabe qual foi a Faculdade de Medicina ou hospital em que trabalhou?

Alexandra ficou contente pela conversa mudar de rumo.

– Não. Espera, ele citou o nome ainda ontem à noite. O professor fez uma excursão com Angelique para os *highlands* e encontrou um colega dele que estagiou no mesmo lugar. Deixa-me ver, humm, é um nome breve. Parece que é o hospital mais antigo da Europa.

– Será Barts?

– Isso mesmo! Você conhece?

– Todos conhecem. É o St. Bartholomew's Hospital na *City*, o antigo coração da cidade. Há também uma Faculdade de Medicina e uma igreja muito antiga com o mesmo nome. Você é casada? – perguntou Tom.

Usando o seu tom mais casual, Alexandra contou que tinha se separado do marido no ano passado e estava de namoro com uma pessoa de ascendência hispano-brasileira que trabalhava na agência de notícias Reuters, chamada Roberto. Infelizmente, não pôde vir neste passeio porque estava numa reunião de trabalho em Londres.

– Poderíamos ter um breve romance – a voz de Tom tinha acentos suaves e persuasivos.

– Quantos anos você tem?

– Tantos quantos os homens maduros têm. Creia-me: estou em plena forma física. Quer provar? – a tonalidade crescia e o olhar do inglês tinha uma cintilação lúbrica.

– Não, Tom. Não perguntei por julgá-lo velho, mas pela abordagem grotesca, sugere mais um garoto inexperiente do que uma pessoa madura.

Ele se aproximou e pegou os braços dela puxando-a para si. Seus olhos eram úmidos e vermelhos e a respiração ficou cada vez mais arfante à medida que a excitação tomava conta de suas feições.

Alexandra repeliu-o com desdém:

– Não acha que passamos da idade para um *running fuck*, uma transa de coelho? O amor é envolvente e precioso demais para desperdiçar em poucos minutos neste laboratório. Você deveria se comportar como um adulto.

Nisso ela agarrou sua câmera com um gesto brusco e levantou-a numa atitude que tanto anunciava sua saída como acenava uma ameaça. Estava totalmente controlada; não seria um fotógrafo alucinado que a intimidaria. Saiu da sala e caminhou em direção ao seu bangalô, pensativa. O que aconteceu com Tom? Será que bebeu? Certamente não detectara traços de álcool no hálito.

O ACIDENTE DA GRÉ

Seguíamos apressadamente Helen rumo ao bangalô em que as duas mulheres estavam hospedadas. Ela controlou-se o mais possível e explicou que a Gré foi mordida no antebraço por alguma coisa no *muck diving* que fizeram de manhã. Ninguém viu o agressor, nem a própria Gré, que subiu imediatamente para o barco e voltou junto com Helen às pressas para o ancoradouro. A ferida era quase insignificante e foram até seus aposentos para um curativo. No entanto, ela piorou, as dores se intensificaram e Helen saiu à procura de auxílio. Não encontrou nem a Emmy e nem o Jeremie, por isso, pediu a nossa ajuda.

Ao passar pela piscina, Ricardo observou:

– Uma cena rara.

Gertrud e Hans estavam se beijando nas águas próximo ao quiosque que servia de bar. Realmente, os mergulhadores não costumam frequentar a piscina antes do fim da tarde e Lembeh era uma pousada quase exclusivamente ocupada por eles.

Mariana entrou no alojamento para pegar a maleta de remédios, enquanto nós seguimos em frente. Já da porta se ouviam os gemidos de Gré, deitada na cama com dores fortíssimas. Pedi ao Ricardo que molhasse uma toalha com água quente da pia e olhei rapidamente os braços da mulher. Na região anterior do antebraço direito havia uma ferida pequena. Coloquei a toalha sobre a lesão.

– Precisamos de uma bacia – disse Mariana, que entrara apressadamente no quarto. Tome isso, Gré – e estendeu-lhe um comprimido de diazepam e outro de dipirona e ajudou-a engolir as pílulas segurando o copo de água. Ricardo improvisou um recipiente com o capuz de uma capa de chuva que encheu de água quente, enquanto eu saí à procura de uma bacia. Mariana colocou o dedo para sentir a temperatura e evitar que fosse escaldante e mergulhou o antebraço na água que Ricardo procurava amoldar segurando o plástico da melhor maneira possível. Quando cheguei com a bacia trazida do restaurante, Gré estava visivelmente aliviada e podia falar conosco. Confirmou o que Helen já nos tinha dito, que não viu peixe algum, só sentiu um choque elétrico no braço que tinha estendido para se apoiar em uma pedra.

– Mas o que você tocou era pedra mesmo? – perguntou Mariana.

– Era, com certeza. Nada aconteceu com a minha mão, não peguei um peixe-pedra, a dor foi no antebraço. O local era raso, arenoso, cheio de pedras e muitas folhas caídas das árvores.

–Acho que você colocou o braço em cima de um peixe-folha cacatua, também chamado de peixe-vespa – Mariana começou a apalpar a ferida delicadamente com a polpa dos dedos.

O nome peixe-folha é bem apto porque o animal possui um corpo muito estreito e de fato parece uma folha outonal que balança ao sabor do movimento das águas como as folhas que atapetam o fundo do mar próximo às margens dos manguezais. É difícil de ver porque seu tamanho e sua coloração mimetizam com perfeição as folhas marrom-amareladas entre as quais se esconde. A nadadeira dorsal sobressai na parte frontal do peixe e adorna sua cabeça lembrando as penas da cacatua, mas é cheia de espinhas venenosas que justificam a designação alternativa de peixe-vespa[35]. Mariana estava justamente procurando na ferida por essas espinhas que conservam o veneno por longo tempo e devem ser retiradas.

– Acho que precisaremos de um patologista-cirurgião – falou, comunicando-me tranquilamente a existência de espinhas remanescentes. – Tenho uma pinça na maleta.

– Vou buscar minha lente de aumento. Passe um pouco de xilocaína se tiver.

Tenho o hábito de levar uma boa lente para meus mergulhos que faz milagres na localização de cavalos-marinhos pigmeus e outras criaturas liliputianas.

Sempre mantendo o antebraço na bacia, consegui remover os ferrões da ferida e Mariana passou à fase da limpeza cuidadosa, usando água oxigenada e gaze. Ricardo encarregou-se de manter a temperatura da água. O ideal está em torno de 40°C a 45°C, bem quente, porém sem escaldar

---

35 Foto 23.

os tecidos da paciente. A razão de se manter essas lesões em água com temperatura elevada é porque grande parte da toxina desses peixes é termolábil e fica desativada pelo calor.

– A água oxigenada deve funcionar como simpatia dentro desse banho-maria – comentou Mariana em português –, mas é o que temos.

Enquanto passavam os minutos, o antiálgico e o tranquilizante também começaram fazer seus efeitos e Gré sentia-se bem mais confortável. Em torno da ferida havia pouco edema e vermelhidão. Sinais clínicos de febre, prostração e dispneia estavam ausentes. O pulso era rítmico e cheio. A náusea que lhe incomodou no início passara.

– Parece que não necessitaremos de hospitalização, pelo menos imediata. Tenho moxifloxacina. Um antibiótico sistêmico poderá ser de valia. Afinal das contas, a vida não é uma certeza, apenas uma probabilidade – e sorriu para mim.

Fiquei feliz. Além de assumir o caso com segurança, ela lembrou uma das minhas frases favoritas que repito aos meus alunos ano pós ano. Sempre estimulo os estudantes a tomarem iniciativa diante das incertezas. A dúvida não deve paralisar, mas sim incentivar a busca de conhecimentos subconscientes e a criatividade.

– Gré, você já tomou vacina antitetânica? – perguntou Mariana.

– Não que me recorde.

– Imaginei. Gente, eu irei até a administração para ver se tem alguma pomada bactericida e já volto.

Já ia dizer que tinha alguma coisa à base de sulfametoxazol, porém me calei a tempo. Não era apenas por causa de uma pomada que Mariana queria falar com a Emmy.

A NARRATIVA DE HELEN WILLOUGHBY

Quando retirei seu braço da bacia, Gré me pareceu sonolenta. Em si, nada de estranho, considerando a angústia e a dor pelas quais passara e os medicamentos administrados, desde que não fosse sinal de pré-choque. Verifiquei o pulso e a frequência respiratória. Pareciam normais. Fiquei sentado ao seu lado observando sua evolução; se a dor reaparecesse teria que recomeçar os banhos quentes.

Ricardo deu atenção à Helen, que parecia bem deprimida.

– Hoje à tarde, Helen, você virá mergulhar conosco. Gré está se recuperando muito bem e só por uma questão de tranquilidade ficará com a minha mulher. Está bem?

– Fico grata por sua gentileza, mas não tenho vontade de sair. Na realidade, o acidente com a Gré foi tão somente o ponto final desta triste visita à Indonésia. Assim que ela estiver em condições, partiremos para casa.

A inglesa fitou-o com uma expressão acabada. Ricardo viu nos olhos azuis sem brilho a gravidade do esgotamento e percebeu a necessidade de comunicação: ela estava em ponto de ruptura. Sendo neonatologista estava treinado para entender e dar apoio a mães aflitas e desesperadas; sem isso, a maioria de seus casos não teria sucesso algum. Os bebês, além da ciência e prática médica, necessitam de mães orientadas e competentes em seu carinho. Mais que o aprendizado, a genética deu-lhe uma personalidade que irradiava compreensão e que conquistava facilmente a confiança das pessoas. Além disso, Ricardo nasceu com ou desenvolveu o dom de intuir o sentido oculto dos atos e perceber o significado por trás das palavras. Pediu a Helen um copo d'água e foi com ela até o frigobar da antessala. Sentaram-se na poltrona e em minutos o dique rompeu – e ela começou, serenamente e sem restrições, a despejar a atribulação que lhe esmagava a alma.

A família Willoughby era de York e proprietária da UK Camera Experts, uma cadeia bem conceituada de equipamentos, artigos e soluções para fotografias. Nos anos 1970, antes de completar 20 anos, Helen se apaixonou por um homem, onze anos mais velho, um senhor, com boa educação, conversa sedutora e seguro de si mesmo. Era Thomas Shand. Como era de esperar, nem sua mãe e muito menos seu pai viam com bons olhos o namoro com alguém mais idoso e desconhecido em York. Mas ela era da geração Woodstock, independente, abraçada à contracultura *hippie*, consumidora de LSD e descrente dos valores tradicionais ingleses em voga. Shand parecia comungar dos mesmos ideais e juntou-se a ele. Mais tarde, cedendo às insistências de Tom, legalizou a união com o casamento formal. A partir daí começou seu calvário.

Mariana abriu a porta, deu um olá ao marido e à Helen e foi para o dormitório. Ela respondeu com um esgar amável e continuou seu relato.

Tom tinha conhecimentos rudimentares de fotografia e se interessou pelos negócios da família. Mostrou-se capaz de absorver os aspectos tecnológicos Não levou muito para conquistar a confiança do sogro, que agora via nele uma esperança para recuperar a filha. Dedicou-se de corpo e alma à UK Camera Experts e cada vez menos a Helen, para quem um ano depois o destino abriu as portas para o inferno.

O pai estava inspecionando os negócios junto com o marido e teve um mal súbito na filial londrina, enquanto Tom estava num almoço defendendo interesses comerciais. Foi levado às pressas por seus empregados ao St. Bartholomew' Hospital e lá faleceu de hemorragia cerebral. Helen era filha única e Tom assumiu a empresa da família e revelou sua natureza verdadeira: um homem brutal e sem escrúpulos. Seus interesses concentraram-se nas finanças dos Willoughby e ela quase não o via. Seus pedidos e reclamos encontraram primeiro grosserias e depois violência física. Embora não se queixasse, a mãe sentia e acompanhava impotente sua desgraça. Em três anos, a UK Camera Experts entrou em concordata fraudulenta e elas ficaram apenas com a casa e seus pertences em York, onde até hoje sua mãe vive com a poupança pessoal à qual Tom nunca teve acesso.

O pedido de divórcio correu liso e rápido, em parte pelas agressões físicas que sofrera, e podia provar, mas principalmente porque ele se tinha locupletado e ela empobrecido. Durante esse processo jurídico soube que seu marido foi expulso da Faculdade de Medicina de St. Bartholomew por comercializar peças de cadáveres e por ser um ex-presidiário.

Ela mudou-se para a Holanda e abriu um salão de arte *pop* em Roterdam, com sua própria coleção. Quadros adquiridos ainda na adolescência com os generosos recursos com que o pai a regava e o apoio da mãe que, em matéria de arte, sempre trilhou os caminhos do contemporâneo. Tinha obras até de artistas renomados, como Paolozzi, Smith, Blake e Warhol. Tom, num de seus momentos de fúria, quase destruiu esses quadros que, verdade seja dita, odiava; ela, mais do que depressa, guardou as pinturas num lugar seguro do porão. Assim pôde recomeçar a vida junto com Gré Houlden, que conheceu na França numa exposição no centro Pompidou, em Paris. A holandesa compartilhava seu entusiasmo pela arte *pop*. As obras se valorizaram, ela tinha sensibilidade para reconhecer qualidade e tornou-se uma negociante de obras de arte bem-sucedida. Gré resguardava o lado econômico do empreendimento e estimulou-a a aprender a mergulhar. E agora, após alguns anos de calmaria, que permitiu que novos interesses pela vida e aquela dádiva do tempo chamada de olvido tampassem as chagas, por uma ironia cruel do destino elas foram violentamente reabertas, aqui nesse fim de mundo.

Helen fez uma pausa e os dois se olharam silenciosamente. Ricardo ergueu-se e sugeriu que dessem uma olhada na Gré.

Mariana comunicou-nos que telefonou ao hospital Budi Mulia de Bitung, a julgar pelas informações, o melhor da cidade. Soube que não tinham soro antitóxico para acidentes com peixe--pedra e os incidentes eram encaminhados a Manado. De qualquer modo, não parecia haver necessidade desse tipo de tratamento, era só uma precaução. Perguntou se tinham soro antitetânico e foi prontamente esclarecida que sim. Portanto, poderíamos contar com isso amanhã ou depois. Solicitou a Emmy que arranjasse uma pomada bactericida, porque deixaria a ferida sem curativos, em tratamento aberto. Além disso, manteria a moxifloxacina por uma semana. À minha pergunta, respondeu que verificou a sensibilidade e mobilidade dos dedos da paciente e não havia sinais de acometimento dos nervos ou tendões.

Gré estava com o antebraço em cima da cama, profundamente adormecida.

NA PISCINA

Hans estava debruçado na borda da piscina com a cabeça reclinada no seu ombro direito e Gertrud o abraçou pelas costas. Ela deixou o corpo flutuar, repousou o queixo no pescoço distendido e olhou para o braço esquerdo do namorado estendido sobre a beirada. Pelos loiros luziam ao sol ardente e realçavam a coloração caramelada da pele. Os músculos do antebraço deitavam-se um em cima do outro num enlaço amoroso que as gotas de suor acariciavam como orvalho da madrugada, pétalas de rosa. Hans virou-se e encarou a mulher. Seu olhar desceu e viu os seios perfeitos oferecidos pelo sutiã amarelo. A pressão dos mamilos pedia liberdade para uma sublime aventura. As águas ondulavam com os movimentos de seus corpos e ele viu pelo prisma turquesa líquido o quadril dela vibrar e o umbigo remexer numa dança convidativa. Abraçou-a vigorosamente e ela ofereceu seus lábios agarrando-o pela nuca. Beijaram-se com languidez deixando fluir o mel de jasmim dos encantos eternos. Entreolharam-se como cúmplices do jogo mágico que a natureza armou para garantir a própria existência, acesos para outro beijo.

Brrrrrrr. Brrrrrrr. Brrrrrrr. De cima de uma cadeira que vigiava a piscina, o celular do suíço reclamava. Sem pronunciar uma palavra sequer, Hans pegou a borda da piscina e ergueu-se saindo com um movimento ágil. A Gertrud só restou admirar a contorção harmônica de músculos em sua frustração. Após cinco longos minutos, ele pulou na água e voltou para ela.

– Você é bem estranho. Vem a Kungkungan e corre de manhã com o fone celular pendurado no maiô. Vai à piscina acompanhado pelo aparelhinho. Não consegue se soltar um pouquinho nas férias? Afinal não está na Basileia trabalhando não sei em quê, mas em Lembeh mergulhando!

– Gertrud. Você acha que foi um prazer atender a uma chamada agora? Não, não foi. Deixe-me esclarecer: não vim em férias, nem para mergulhar. Apresentei-me como comerciante da Basileia. De fato, sou. Entretanto, isso é parte da verdade. Também trabalho na Embaixada Suíça de Cingapura. Vim em missão e você bem pode imaginar por quê.

– Ah, o caso da família Frisch – ela exclamou quase imediatamente. – Mas, então, você veio atrás de nós?

– Certamente. E encontrei uma criatura maravilhosa. Você! O fato é que a embaixada precisa saber exatamente o que vocês viram. É um assunto delicado e precisa ser tratado com discrição. Temos dúvidas se a sra. Frisch está realmente envolvida com comércio ou consumo de drogas.

Hans contou tudo que sabiam do caso. A família Frisch era de Zurique, classe média para os padrões suíços, e tanto o marido como a mulher exerciam a odontologia. As duas filhas, Susana e Gabriela, têm 6 e 8 anos de idade. O casal negou o tráfico e disse ignorar como o tubinho com a droga parou na bolsa dela. As informações solicitadas à polícia de Zurique nada acrescentaram ao caso: não há nenhum registro de coisa alguma que permitisse suspeitar de envolvimento com entorpecentes.

– Depois há a natureza da droga. Trata-se de LSD.

– LSD?

– Sim. LSD é acrônimo de *Lysergsäuerediethylamid* – prosseguiu Hans, explicando.

A dietilamida do ácido lisérgico é um dos mais potentes alucinógenos sintetizados na Suíça há mais de cinquenta anos. Microgramas podem atuar sobre o sistema nervoso central causando euforia e alucinações. No tubo havia quase uma dúzia de pequenas cápsulas de gelatina com 50 miligramas de LSD e a ingestão de uma é suficiente para causar euforia por várias horas. Como alucinógeno foi usado na época do movimento psicodélico, durante o grande movimento da arte *pop*, pela geração Woodstock. Foi muito popular e nem era considerada uma droga prejudicial à saúde, assim como a maconha. Os dois alucinógenos têm uma história semelhante, só que o LSD é muitíssimo mais potente. Depois, descobriram-se efeitos maléficos e foi proibido radicalmente.

– Também perdeu a popularidade no narcotráfico. Aparentemente, seus efeitos não são os mais desejados pelos consumidores. Hoje dominam as cocaínas, os opiáceos e eu poderia acrescentar os compostos de haxixe. Veja, Gertrud, você não conhecia o LSD porque não viveu nos anos 1970. Pois bem, a sra. Frisch e seu marido tampouco, são jovens demais para enquadrá-los no movimento psicodélico.

Passada a surpresa inicial, Gertrud dominou suas preocupações e saiu da piscina, no que foi seguida por Hans. Pegaram as toalhas e, após um enxugamento sumário, caminharam em direção do prédio do restaurante. Pela porta aberta podiam ver Mark falando com a gerente perto do balcão da administração. Gertrud despediu-se de Hans porque seu bangalô ficava à direita, no caminho para o centro do mergulho, e ele estava hospedado no outro lado.

– E quando você pretende falar conosco?

– Ainda hoje, certamente. Amanhã terei de voltar a Cingapura – respondeu Hans. – Não se preocupe, procurarei uma hora adequada.

Ele parou, mirou-a nos olhos seriamente e disse em voz baixa:

– Gertrud, vou-lhe pedir um grande favor. Fale com sua família, comunique tudo que lhe disse. Porém, ouça bem, faça isso em absoluta privacidade, quando vocês estiverem a sós. Isso é extremamente importante. O telefonema que nos interrompeu em hora tão inapropriada comunicou algo muito sério, que exige cuidados: é bem provável que aqui, em Kungkungan, existam outras ligações com o caso dos Frisch, além da família Hollnager. O sigilo de repente tornou-se essencial, imperativo. Entendeu?

Ela balançou a cabeça concordando e foi em direção do grande bangalô. Hans observou-a por uns segundos, deu um suspiro e entrou no restaurante.

REFLEXÕES DE ALEXANDRA ANTES DO ALMOÇO

Alexandra relaxou o corpo numa poltrona convidativa entre o balcão da administração e a porta que dava acesso à varanda do restaurante. Tinha escolhido justamente aquela que permitia observar a entrada principal, onde apontariam mais cedo ou mais tarde seus amigos. Sua vontade era de tomar um drinque, mas pediu um suco de abacaxi com hortelã: álcool só no fim do dia, após terminarem os mergulhos. É uma regra que os mergulhadores cumprem rigorosamente.

A manhã fora frustrante. O episódio com Tom não lhe incomodava nem um pouquinho, achava-o até divertido, já o acidente da Gré frustrou o segundo mergulho da manhã. O assédio intempestivo do fotógrafo inglês tinha um quê de arrebatamento juvenil engraçado e não deixava de ser lisonjeador. Assim que passou o momento crítico e saiu do laboratório, acalmou-se e não ficou nenhum rancor; talvez ao contrário. Sem dúvida foi inesperado, mas ela sabia lidar com situações extraordinárias, e mais: gostava delas. Tinha descido a encosta até o centro de mergulho e se preparado calmamente para o segundo mergulho. Quando percebeu que o grupo não chegava, comunicou a Fandi que tampouco sairia. A solidariedade tinha primazia e ela foi até o bangalô para ver o desenrolar dos acontecimentos e prestar algum auxílio se fosse necessário. Ao perceber que todos estavam no apartamento da Gré, achou melhor não perturbar e foi tirar o sal do corpo, antes de se reidratar no restaurante.

Distraída com as minúsculas bolhas que formavam a espuma sedosa de sua bebida, ouviu a voz de Jeremie, debruçado sobre o balcão e dizendo a Emmy:

– Boyet diz que tem certeza que a concha sumiu.

– Já entendi, Jeremie. Você sabe que não confio em Boyet; ele pode se enganar. Quem seria idiota de pegar um *acantis*, possivelmente a criatura mais mortal dos mares! Qual é o grupo mesmo?

– É aquele do bangalô grande: os alemães, os chineses, o inglês e, como o senhor Mark sai com os brasileiros, colocamos no grupo três australianos jovens, ao todo dez pessoas. Os mais inexperientes parecem ser os chineses.

– Jeremie, verifique imediatamente se tem alguém acidentado com a concha geográfica. Isso é fácil porque a estas horas deverá passar muito mal. Comunique-me o resultado tão logo possível e deixe o resto por minha conta. Entendeu?

O *diving master* saiu correndo.

– Oi, Alexandra. Pensei que estivesse mergulhando! – era Mariana dirigindo-se ao balcão. Fez um gesto defensivo e disse que precisava falar com a gerente. Alexandra levantou-se e ficou ao lado da amiga, enquanto ela questionava

Emmy sobre as facilidades médicas de Bitung. Só depois que Mariana telefonou ao hospital Budi Mulia, perguntou pela Gré. Mariana descreveu a situação em poucas palavras, tranquilizando a mulher atrás do balcão e a amiga. Alexandra acompanhou-a até a saída e disse em tom jocoso:

– Prepare-se para um caso de *acantis*.

– Facilite as coisas e chame logo um médico legista. Vamos almoçar daqui a pouco.

Mariana começou a andar em direção ao bangalô e Alexandra voltou à poltrona. Mais uma vez passou pela sua mente a cena com Tom, assim, fugazmente, como folhas secas tocadas por ventania. Sorriu. Olhou para seu corpo e, satisfeita, sorriu novamente. A vida não a tratara mal. Nasceu fadada a ser bonita de corpo, aguçada e ágil de intelecto e com uma psique positiva. Seus pais lutaram para que todos os filhos tivessem uma educação esmerada e acertaram, pelo menos com ela: as escolas que frequentou em Belo Horizonte não poderiam ter sido mais favoráveis para desenvolver suas capacidades. Ela aprendia muito fácil e foi considerada brilhante em matemática e física. Em vez de se largar no vidão da capital mineira, desenvolveu a força de vontade que herdara do pai e aproveitou as horas vagas para aprender computação, que recém aparecia no mundo, e dominar o inglês. Não que fosse uma eremita, nem um pouquinho. Tendo natureza alegre e vivacidade começou a socializar-se precocemente. Dançava bem, gostava de *rock* e era valorizada pela roda de amigos. Mas toda atividade de lazer estava controlada pela vontade que a dirigia ao sucesso profissional.

ALMOÇO ANIMADO

Gré dormia tranquila e podíamos deixá-la aos cuidados da Helen. Olhei o relógio, eram 11h30. Perguntei à inglesa se queria que mandássemos alguma coisa do restaurante. Ela balançou negativamente a cabeça, respondeu que tinha o suficiente na geladeira. Mariana assegurou-lhe que estava tudo sob controle, mas que de qualquer modo não hesitasse em chamá-la, não importa a que hora fosse. Saímos do bangalô e fomos aos apartamentos para um banho refrescante. O ar estava pegajoso, prenunciando uma tormenta tropical e nuvens prenhes de chuva cobriam o morro no outro lado do estreito de Lembeh.

Alexandra recebeu-nos com visível alívio; perguntou pelo estado da Gré e sugeriu que almoçássemos imediatamente. Realmente, não tínhamos outra intenção. O restaurante estava praticamente vazio e procuramos uma mesa junto à janela, com a melhor vista para o mar. Por mais que dissimulássemos, os farelos dos pãezinhos que cobriam os guardanapos denunciavam a tensão no ar. Tantas histórias a contar. Quem despejaria primeiro?

Uma vozearia alegre na entrada distraiu nossa atenção. Era Angelique entrando com seus colegas da Sorbonne. A realidade é: os franceses têm o hábito de falar alto e os italianos levam a fama! Ela liderou o grupo à nossa mesa e fez as apresentações. Eram três homens e duas mulheres.

– Professor, como vê, esperei quatro colaboradores, mas chegaram cinco. Assim formamos três pares. Não acha bom?

Achava sim e fiquei imaginando como seriam os casais. Quem será o eleito da Angelique? Enquanto trocávamos gentilezas, observei os possíveis pretendentes e apostei no jovem chamado Paul – bem apessoado, de expressão vivaz e olhar inteligente.

– Bem, desculpem-nos, precisamos falar com Emmy – suspirou Angelique e conduziu o grupo à administração.

A alegria e disposição dos franceses desfizeram as amarras e aliviaram a pressão. Ricardo limpou a garganta e falou:

– Professor, o senhor ainda nada nos contou sobre o passeio com a francesinha – dando uma expressão discretamente jocosa ao final da frase.

Ele tinha razão, até esse momento só comunicara o triste episódio contado pelo legista. Enquanto tomávamos o caldo de peixe, bem a meu gosto, comecei a relatar o passeio aos *highlands* iniciando por Sawangang. Descrevi o cemitério de sarcófagos de pedra e contei o que tinha aprendido de Kyai sobre os rituais funerários de Minahasa.

– Puxa, que interessante! Assunto bem apropriado para o almoço – reparou Ricardo. – Vamos ao bufê?

Levantamos e dirigimo-nos até as mesas que ofereciam os pratos do dia para nos servir. As saladas todos abdicaram e fomos aos pratos quentes. Arroz e legumes, é claro, não podiam faltar. As outras ofertas eram macarrão oriental com camarões, cozido de carne nada convidativo, asas de frango empanadas cobertas com clássico molho agridoce semeado com gergelim torrado e postas de peixe empanado. Ao me servir das asas, disse para o Ricardo, que me seguia:

– Experimente isso. Na falta de asas de morcego serve e pelo menos o molho é vermelho.

Ele me olhou, alçou os ombros, deu um sorrisinho vazio e serviu-se de peixe. Lembrou-se da história dos cães, ratos e morcegos que contei no centro de mergulho.

– É uma pena que essa gente empana quase tudo e a comida fica encharcada de óleo – lamentou Mariana.

Continuei a história do passeio com Angelique. Narrei o encontro com os estudantes no morro que descortinava a magnífica vista da região dominada pelo vulcão Lokon. O almoço no Danau, junto ao lago Tondano, com o tanque de peixes que os garçons retiravam a pedido dos fregueses. Pulei a revelação da Angelique sobre o furto de suas fotos em Yap e descrevi a beleza multicolorida do laguinho Linow, de fontes sulfurosas. Meu humor negro se manifestou ao renovar e caprichar nos pormenores dos morcegos, ratos e cães servidos no mercado de Tomohon, coisa que pouco dizia a Alexandra e Mariana, mas trazia desconforto a Ricardo.

– Ah, parecem iguarias apetitosas. Como estão as asinhas de frango?

– Boas, Ricardo, mas é claro que não se pode comparar com as raposas voadoras – respondi e continuei minha história narrando o encontro com o casal Intan entre os canteiros de flores do Gardenia Country Inn. Eles ficaram surpresos de Arok, dono da belíssima hospedaria, ser médico legista residente no mesmo hospital londrino que eu.

– O afogamento de Virgínia Scatamachia e o trucidamento de Álit já lhes relatara.

Fomos interrompidos pela chegada do casal Stallman à mesa. Aliás, em bom momento para evitar remoer esses assuntos tristes e macabros. Bob, que usava uma camiseta de Bonaire, perguntou por que não tínhamos feito o segundo mergulho da manhã. Expliquei os ocorridos e assegurei que faríamos o mergulho após o almoço. Mariana desculpou-se e disse ao casal americano que não iria nos acompanhar, prometera a Helen ficar com a Gré. Eles entenderam a situação e Katherine imediatamente se ofereceu para fazer-lhe companhia. Uma troca de ideias delicada permitiu afastar o oferecimento. Considerando a tranquilidade da Gré, não seria adequado envolver mais pessoas no acidente, além disso, todos sabíamos que Ricardo faria companhia à mulher. Isso nem adiantaria discutir. É óbvio que Bob e Katty compreenderam, disseram *see you later* e foram almoçar.

O restaurante agora estava repleto de hóspedes e todas as mesas ocupadas, exceto uma e outra na varanda. Essas ninguém queria na hora do almoço por causa do calor; agora, com a virada do tempo, estava particularmente opressivo pela umidade tropical pré-chuva. Emmy apareceu no meio do salão, bateu palmas e pediu silêncio.

– Caros hóspedes. Tenho uma comunicação importante a fazer.

A CONCHA MORTAL

A gerente anunciou a possibilidade de alguém ter retirado uma concha geográfica, também chamada de concha têxtil, do fundo do mar.

– Todo mergulhador sabe que é proibido tirar qualquer coisa do mar, no entanto, preciso esclarecer que essa concha é possivelmente a criatura mais venenosa que temos por aqui. Por isso leva também o nome de lesma-cigarro, pois se crê que a vítima só tem o tempo suficiente de fumar um cigarro antes de fazer as pazes com o Criador. Infelizmente, sou obrigada a interromper o almoço e fazer esta comunicação desagradável no intuito de alertar o perigo mortal que corre a pessoa que manuseia esse molusco. Ela pode lançar seu arpão a mais de dez centímetros. Por favor, tomem esta advertência com a maior seriedade e, se por acaso alguém tiver a concha, entregue-a a Jeremie com o máximo cuidado. Prometo que não haverá consequências se assim o fizerem. De maneira nenhuma procurem se livrar dela jogando-a no mar às escondidas. Isso seria um perigo porque ninguém saberá seu novo paradeiro e todos ficarão ameaçados por um acidente grave. Nossos *dive masters* sabem onde estão as poucas conchas geográficas na área e essa que parece ter sumido era a maior de todas. Obrigado pela atenção e tenham um bom almoço.

Que notícia! A toxina desse animal é uma das mais complexas. Na realidade, não é uma substância, porém um veneno composto de centenas de toxinas diferentes, cada qual com sua especificidade.

– Então você não estava brincando quando falou do caso de conotoxina?

– Realmente, não, Mariana – respondeu Alexandra e contou a conversa que ouvira entre Jeremie e Emmy pouco antes do almoço.

– Se for o pessoal do bangalô grande, até adivinho quem seja o criminoso – falou Ricardo. – Alexandra, cuide-se, o seu inglês não é boa coisa. E resumiu a triste história da Helen e sua família.

– Bom, eu também tenho um episódio negro a acrescentar, omitido na descrição das peripécias ocorridas durante a excursão que fiz com Angelique. Fiz isso em consideração a você, Alexandra, e para não amargar a nossa refeição já tão atribulada pelos acontecimentos. No entanto, com essas novidades sobre a saga dos Willoughby e o naufrágio da reputação de Tom Shand, julgo melhor relatar.

Contei o que Angelique disse sobre a premiação de Tom com "suas" fotografias das raias gigantes. Percebi a sombra de preocupação que passava pela mente de Alexandra: *Será que os mandarins foram surrupiados pelo fotógrafo ao consertar seu equipamento?* Mas ela apertou os lábios e guardou a dúvida para si.

Como sobremesa escolhemos algumas frutas; o mamão tinha um excelente aspecto. Parecia da variedade que chamamos no Brasil de Formosa, com polpa vermelha, que aprecio muito. Nunca fui fã do Papaia, apenas reconheço sua praticidade: tem o tamanho ideal para ser consumido em uma refeição. Entretanto, é doce demais para meu paladar. O mamão-formosa é menos adocicado e tem um sutil amargor silvestre que me encanta.

A família Hollnager entrou no restaurante acompanhada por Hans Metlich e Mark Svenson. Os alemães e o suíço foram diretamente para uma mesa recém-desocupada por alguns australianos e o americano dirigiu-se a nós e perguntou se poderia sentar. Recebemo-lo com alegria; ele era uma unanimidade pela sua disposição positiva, espontaneidade, bom humor e rica vivência, que transparecia de seu amplo repertório de opiniões. Pediu desculpas à Alexandra pela pouca atenção que lhe dera, alegando um assunto particular e urgente que tinha de resolver com o senhor Metlich, porém não entrou em detalhes. Como Mark também usava uma camisa de Bonaire foi fácil encaminhar a conversa em outra direção.

–Você foi a Bonaire com os Stallman? – perguntei.

– Não, não fui. Gosto muito de Bonaire. No meu julgamento oferece o melhor mergulho do Caribe e, depois, está próximo dos Estados Unidos. É praticamente o único lugar de mergulho que a minha mulher frequenta, pois não tem disposição de ir mais longe. Só foi uma vez comigo à China e bastou-lhe para sempre.

E acrescentou:

– É uma mulher caseira. Falei com Bob e Katty sobre Bonaire e eles também são visitantes assíduos do lugar. É realmente curioso jamais termos nos encontramos por lá ou até pode ser que os nossos caminhos se cruzaram, no entanto, ninguém reparou um no outro.

A tribo dos mergulhadores, embora numerosa e crescente, oferece surpreendentes encontros e reencontros nos mais remotos cantos da Terra. Alexandra contou uma história em que fez ótimo relacionamento com um californiano em Papua-Nova Guiné e, meses depois, topou com ele inesperadamente em Holbox, no México, ao nadar com tubarões-baleia.

Já tínhamos terminado o almoço e Mark se esforçava para terminar o seu o quanto antes. Comentamos que a próxima parada seria Raja Ampat que, aliás, era o destino principal. O pirotécnico achou graça no episódio ocorrido na churrascaria uruguaia Las Rampas, em Higienópolis, em que nós nos reunimos a fim de planejar esta viagem. Cada um colocou seu sonho: Ricardo e Mariana queriam ir a Sorong, Alexandra a Raja Ampat e eu a Irian Jaya. Levou tempo para cair a ficha de que todos estavam pensando no mesmo destino: Irian Jaya é a parte da Nova Guiné que pertence à Indonésia, Sorong é uma cidade na ponta de Irian Jaya de onde partem os barcos para Raja Ampat, a meta dos mergulhadores que apreciam lugares remotos[36]. E põe remoto nisso!

---

36 Ver mapa da Indonésia.

– Partiremos segunda-feira, de modo que amanhã é o nosso último dia de mergulho em Lembeh – falou Alexandra.

– Alexandra, creio que podemos ainda mergulhar domingo de manhã. O intervalo até o nosso voo, que parte de Manado segunda às 11 horas, é suficiente para nos livrarmos do nitrogênio acumulado no corpo – reparou Ricardo.

– Que interessante! Eu pretendo ir a Raja Ampat terça-feira – exclamou Mark cruzando os talheres.

– Então nos encontramos por lá. Gente, sugiro que se preparem para o mergulho, já é 13h30. Vocês têm quinze minutos para se aprontarem.

– Eu vou ver a Gré – Mariana levantou-se e nós todos abandonamos o restaurante.

MEU ÚLTIMO MERGULHO

Como por encanto a umidade opressiva dissipou-se e deu lugar a uma aragem refrescante. Em segundos, instalou-se uma ventania cada vez mais insistente e as folhas dispersas no solo começaram a voar. Relâmpagos coruscantes rasgavam as nuvens negras que cobriam Kungkungan e o ribombar dos trovões estremecia o barracão do centro de mergulho. Logo pingos grossos faziam minúsculas crateras na areia, anunciando a chuva. Não demorou um minuto e uma cortina de água maciça encobriu a baía tolhendo completamente a visibilidade, nem se via a plataforma com os barcos. Alguns hóspedes correram para o laboratório fotográfico, outros se refugiaram no caramanchão e os mais esportivos saudaram o temporal em terreno aberto, regozijando-se em suas catadupas refrescantes.

O barracão parecia vagão de metrô em hora de *rush*. A maioria não podia colocar os trajes de mergulho, nem se quisesse, por falta de espaço. Eu, certamente, não. Sempena, refugiado embaixo do banco, tremia feito geleia e apenas piscava os olhos, assustado. Jeremie apareceu completamente ensopado e gritou que aguardássemos a passagem do aguaceiro; assim que amainasse, os barcos partiriam aos destinos marcados.

Alexandra aproveitou o intervalo e contou o descontrole do Tom. No final, indagou em que hospital londrino eu tinha estagiado.

– Fiz pós-doutoramento no hospital São Bartolomeu, de 1964 a 1965. Posso saber a razão da pergunta?

– Tom estava curioso em saber e eu estava em dúvida; agora sei que acertei.

Após um quarto de hora a intensidade da borrasca cedeu e passou, paulatinamente, a chuvisco. Anunciaram-se as partidas. Eu avisei o Fandi que iria me retardar, sabia que mesmo com a ajuda de Alexandra seria um dos últimos a ficar pronto. Não vi os Hollnager; do bangalô grande estavam presentes Ping Shu, Shia Hong, Tom e Mark, que vinha sempre conosco. Bob já estava preparado e auxiliava sua mulher a colocar o *wetsuit* sobre a *lycra*. Nosso grupo tinha encolhido para seis mergulhadores. Enquanto calçava as botas vi Tom dizer qualquer coisa para Jeremie. Faltava-me tão somente retirar a máscara do estojo, quando o *dive master* disse que os dois chineses iriam conosco visto que o inglês desistira do mergulho.

Acomodamo-nos no barco, Alexandra e eu um de frente para o outro, meu vizinho à direita era Katty e ao meu lado esquerdo estava Shia Hong cuidando de uma parafernália volumosa. Como esses orientais adoram fotografar! Não basta um equipamento bom, eles precisam de várias máquinas com um sem-número de acessórios.

Apesar da chuva não atrapalhar o mergulho, traz alguns desconfortos. Os pingos de água machucam os olhos, é conveniente colocar a máscara enquanto o barco sulca as ondas. No retorno, a temperatura é quase sempre desagradavelmente fria e as toalhas estão ensopadas. O melhor momento é a entrada na água, quando se escapa dos pingos e do frio, porém se perde luminosidade, devido à escuridão do céu.

Contudo, este foi um mergulho satisfatório. Logo no início deparamos com um cardume de pargos de estrias amarelas. Depois, paramos junto a um montículo de coral que tinha uma variedade de peixes rara para o estreito. Os fotógrafos fizeram a festa, pois para o *flash* a luminosidade é indiferente. Fiquei grudado neles, sempre tomando cuidado de atrapalhar o menos possível, porque o clarão das lâmpadas de magnésio revela um mundo mágico: um quadro de cores mortas subitamente resplandece e os peixes fulguram em cores rutilantes. Nossos novos companheiros chineses, além de gentis, tinham excelente flutuabilidade e se moviam com destreza. Pareciam mergulhadores experientes e, não sei por quê, lembrei que não tinha a mínima ideia sobre as facilidades de *scuba diving* na China.

Perto dos corais havia várias almofadas verdes e vermelhas de anêmonas e entre suas florestas de tentáculos os peixes-palhaço brincavam de esconder. Realmente, não dá para resistir a provocá-los abanando a mão sem tocá-los. São valentes e reclamam com ameaças de ataque que jamais concretizam. Encontramos um vasto jardim de enguias onde centenas se erguiam perpendiculares ao fundo arenoso, como se fossem varas espetadas no solo. À medida que se nada sobre o jardim, elas desaparecem nos seus buracos para logo depois da passagem do intruso voltarem à posição ereta. Diverti-me muito observando o jardim à distância porque a paisagem parecia ondular com a passagem de cada mergulhador. Antes de subir no barco fui premiado com a aproximação de uma enorme tartaruga verde que nem me deu atenção e passou a meio metro de mim.

Como previsto, batemos dentes até chegar à plataforma, mas assim que o barco parou a sensação de frio passou. Havia uma fila aguardando a vez no chuveiro, de modo que aproveitei a espera e perguntei a Mark sobre locais de mergulho na China. Ele explicou que no extremo sul havia condições razoáveis, porém nada comparáveis aos mares de Vietnã, Malásia, Filipinas e Indonésia. Mencionou, também, que atualmente um número cada vez maior de chineses aprende a mergulhar e viaja para os bons sítios da Ásia. Certamente, esse era o caso de Shi e Wang, que tinham uma situação socioeconômica absolutamente privilegiada.

Bob e Katty voltaram do chuveiro e disseram que não fariam o próximo mergulho, apenas o noturno. Disse-lhes que da minha parte o dia estava encerrado. Com a chuva tudo atrasou e tinha a obrigação de trocar de plantão com Mariana. De qualquer forma, poderíamos jantar juntos.

Após a ducha pendurei minha roupa – não foi fácil achar um cabide no meio do paredão de *wetsuits* – e dei tchauzinho a Alexandra que, como de rotina entre um mergulho e outro, ia ao laboratório tratar suas fotos e equipamentos. No apartamento tomei um banho demorado, daqueles de lavar a alma, vesti meu abrigo azul e fui ao bangalô da Willoughby. Mariana relatou-me que Gré ainda não acordara, mas estava bem. Tinha avaliado seu estado clínico uns dez minutos atrás. Helen estava dormindo e Ricardo lia *Cidade do sol*, de Hosseini. A situação parecia totalmente sob controle; até a chuva tinha cessado e o tempo estava abrindo. Sentei numa poltrona e o casal foi se preparar para o segundo mergulho da tarde.

REVELAÇÕES IMPORTANTES

A família Hollnager reuniu-se com Hans Metlich no canto menos molhado da varanda do restaurante. O suíço pediu que relatassem tudo que viram durante a detenção da família Frisch e fez algumas perguntas. Foi um pouco insistente ao questionar se viram alguém conhecido, algum rosto familiar junto à família suíça ou no aeroporto em geral. Ninguém conseguiu se lembrar de pessoa conhecida. Helmuth observou que a atenção dos passageiros é concentrada na imigração, bagagens, alfândega e transporte aos hotéis, de forma que o reconhecimento é pouco provável.

– E por que da pergunta?

– É um esclarecimento importante. Os pormenores são sempre preciosos.

Hans olhou ao seu redor num gesto casual e disse baixando a voz:

– Há motivos para pensar que alguém em Kungkungan tem algo a ver com o incidente. Pediria a máxima discrição por algumas horas. Tenho boas razões para crer que até o meio-dia de amanhã o caso estará encerrado. Vocês me desculpem, porque nada mais posso dizer no momento. Só peço colaboração até amanhã. O silêncio de vocês é crucialmente importante.

Despediu-se e foi até um carro que o aguardava na porta. Os alemães decidiram ir até o bangalô, pois ninguém tinha disposição para mergulhar nesse momento. Ficaram na varanda comentando em voz baixa a reunião com Hans Metlich que, na realidade, fora agradável, pois ele era uma pessoa simpática, segura de si e inspirava confiança. Ao notar a aproximação de Shi e Wang, calaram-se. Inesperadamente fez-se ouvir a voz de Tom do andar superior:

– *Hi, folks.*

A saudação era dirigida à dupla oriental, já que ele não poderia ver a família alemã do andar de cima. Os chineses fizeram um cumprimento formal aos Hollnager e entraram no apartamento. Gertrud fez um sinal discreto com a cabeça para que a família entrasse na sala e, uma vez acomodados atrás das janelas, relatou em voz baixa, quase cochichando, o telefonema ocorrido na piscina.

– Hans não me revelou quem o chamou e menos ainda o teor da conversa, mas foi algo importante, disto tenho certeza. Essa história de droga tem cheiro oriental.

– Ué? E por quê? Da mesma forma é latino-americano clássico ou europeu, holandês, por exemplo. Lembre-se que Amsterdam é a capital dos drogados – reparou o pai.

– Proponho que descansemos um pouco e façamos o próximo mergulho.

A sugestão de Franz foi bem recebida e cada um se acomodou no seu leito.

O segundo mergulho da tarde foi concorrido. Apareceram os fanáticos que curtiram a tempestade e mais aqueles que preferiram aguardar o tempo se firmar. Jeremie tinha que se desdobrar para embarcar todo mundo. Com a minha ausência e a do casal Stallman sobrava lugar no nosso barco e Tom, sem nenhuma cerimônia, perguntou a Alexandra se poderia fazer dupla com ela. O silêncio foi considerado um consentimento e ele embarcou tranquilo. Evidentemente, Fandi pensou que tudo já fora arranjado com Jeremie. Durante o mergulho Alexandra ignorou Tom e ficou fotografando o universo submarino com Mariana e Ricardo.

– Que cara de pau! – desabafou Alexandra na volta ao centro de mergulho.

– Realmente, não dá para entender. Bastou a ausência dos Stallman e ele juntou-se a nós numa boa. Deve gostar um bocado de você – brincou Ricardo.

Alexandra ficou calada e pegou uma xícara de chocolate quente para esfriar a cuca. Também aceitou um *brownie* que uma indonésia oferecia circulando com uma bandeja e afastou-se do tumulto do vestiário. O casal já estava pronto para voltar ao apartamento quando ela decidiu se trocar. Combinaram que fariam o mergulho noturno, dependendo de uma visita a Gré. Com toda probabilidade ela já deveria estar melhor e eu tinha dito que não mergulharia mais, de forma que uma emergência, ainda que improvável, estaria coberta.

Em vez de ir ao laboratório, como de costume, Alexandra preferiu tirar toda a parafernália e voltar ao bangalô para uma ducha completa. Cuidaria das fotos mais tarde, antes da saída noturna.

Estava cochilando na poltrona quando Mariana chegou.

– Que tal o livro da Malik? – perguntou casualmente, disfarçando que me flagrara quase dormindo. O *best-seller Eu, Malik Oufkir, prisioneira do rei* estava abandonado no meu colo. Falei sobre a melhoria definitiva da Gré, que tinha examinado há uns trinta minutos e agora estava tranquila singrando o sono dos justos. Na realidade, Helen tinha me dado mais trabalho porque acordou diversas vezes sobressaltada, gritando até, sem dúvida assaltada por pesadelos. Conhecendo sua história, não era para menos; precisava encontrar aqui, no estreito de Lembeh, o ex-marido e algoz dela e de sua família? O destino reserva surpresas boas e más, no entanto, na minha experiência as pessoas funcionam como antenas seletivas, algumas captam só as positivas e outras, sistematicamente, as negativas. Minha amiga Josefina, de Buenos Aires, sempre dizia acreditar que as sinas são traçadas por forças arcanas. Sendo ela de sangue andaluz puro, nascida em Málaga, eu dispensava sua convicção com um alçar de ombros, atribuindo-a às crendices ciganas ou mouras. Contudo, com o tempo, comecei a dar-lhe razão; há algo de verdade no *maktub* árabe: "Assim está escrito". Fui criado para não ter medo da vida e sempre fui muito resoluto. O que é difícil de determinar é se tenho algum mérito nisso ou é apenas consequência do meu bom fado, que sempre me deu um reforço construtivo.

Acertamos jantar em torno das 20h45 e lá se foi Mariana descansar antes do último mergulho dessa sexta-feira.

O MERGULHO NOTURNO

Às 19h20, Ricardo e Mariana puxaram suas roupas dos cabides e começaram a se preparar para o mergulho noturno. Antes de vesti-la completamente, ele decidiu dar um pulo ao banheiro. Ao sair, topou com a Alexandra, que bateu a porta do laboratório com força. O lusco-fusco vespertino escondia a fisionomia da amiga que, na realidade, traduzia indignação extrema.

– Eu não acredito!

– Pois pode crer – falou Ricardo por falar. – A descarga ainda não foi arrumada e temos que encher aquele balde enorme de plantão ao lado do vaso. A situação permanece a mesma desde que chegamos. Ainda bem que a torneira está no lado da privada e tem um fluxo generoso de água.

Alexandra parou e sibilou entre os dentes:

– Você sabe o que me aconteceu?

Ricardo virou o rosto na direção dela e aguardou que ela despejasse os motivos de tanta irritação.

– Há mais de meia hora estava trabalhando com minhas fotos, quando chegou Tom, agora, há dez minutos.

– Atacou você de novo?

– Parecia excitado, porém tinha algum projeto na cabeça mais importante e apenas me cumprimentou. Vi que ligou um *nano-iPod* ao computador e fiquei na minha. Ao passar por ele achei curioso como protegia a tela com seu corpo. Imediatamente pensei que se tratavam dos meus queridos mandarins e dei uma espiada por baixo do braço dele. Sabe o que vi, Ricardo? Pornô! E pornô de *gays*! Um sujeito em pé encurvado estava metendo num outro reclinado na cama. Pode, Ricardo?

– Neste mundo acontece de tudo, Alexandra. Vamos nos vestir para não atrasar o mergulho noturno.

Entraram no centro, menos atarefado que de costume. O tempo não encorajava aventuras subaquáticas. Havia um ventinho frio e o céu estava coberto. Uma noite sombria. Jeremie estava tentando acomodar o pessoal em dois barcos, porém houve protestos. É tão mais confortável ter mais espaço, sobretudo no escuro onde os últimos acertos são feitos na escuridão à luz de lanternas. E a EcoDivers cobra seu preço: setenta dólares por mergulho noturno.

Boyet estava procurando por Tom Shand, cujo nome figurava na lista e todos do grupo estavam prontos. Os chineses pareciam dispostos a esperar, mas o grupo australiano que, na ausência dos Hollnager, constituía a maioria, pressionou por uma partida imediata e o *dive master* filipino recebeu ordens de Jeremie no mesmo sentido.

– Se ele chegar, eu o coloco em outro barco.

Pois sim! Era melhor não aparecer. O barco com Bob, Katty e, agora, Alexandra, não daria boas-vindas ao inglês. No outro estava a turma da Sorbonne que, por certo, conhecia a história das mantas premiadas de Yap e Angelique já devia ter comunicado a presença do fotógrafo em Kungkungan. Fandi percebeu que todos estavam prontos e deu rapidamente ordens de embarque, livrando-se do potencial constrangimento à vista. Sobrou o último barco e quando este saiu, Jeremie respirou aliviado: o perturbador não deu sinal de vida. O chefe dos *dive masters* foi até a administração, a fim de anotar as informações de rotina: a saída dos barcos, os tripulantes, hóspedes e outras eventualidades. No caminho percebeu que havias luzes no laboratório e imaginou que o sr. Shand estava por lá atarefado com suas fotos. Chegou à entrada do restaurante justamente quando um carro deixou Hans, Mark e um indonésio na porta. Eles foram diretamente ao balcão da gerência e o *dive master* se enfiou no quarto da administração e começou suas anotações. Não demorou cinco minutos, a porta se abriu e Emmy disse a Jeremie que saísse do quarto. Deu ordens para que não a perturbasse com nada. Sua voz estava mais áspera que de hábito. Entrou com as três pessoas recém-chegadas e cerrou a porta.

Larguei o livro e fui ver a paciente. Ela estava de olhos abertos, sorriu para mim e fez um esforço para sentar. Caiu para trás com um esgar de fadiga. Examinei com cuidado o braço lesado à procura de sinais de acometimento neuronal mais profundo. Felizmente, nada encontrei, apenas havia uma reação inflamatória local. Pressão arterial, frequência cardíaca e respiratória normais. Não me parecia febril. Só então perguntei como se sentia. Respondeu em voz baixa que estava bem e perguntou-me a hora, depois olhou em direção à cama de Helen, que parecia profundamente adormecida.

– Ela tomou pílulas?

– Não, nós não lhe demos nenhum remédio.

– Helen tem umas embaixo do travesseiro e tem usado bastante.

Será? Não tive dificuldade para encontrar o frasco solto na cama ao lado dos cabelos da mulher. Olhei: dormonid, ou seja, maleato de midazolam, um potente sonífero, relaxante muscular e ansiolítico de curta duração. Tirei a tampa e verifiquei que o vidro ainda estava cheio de pílulas. Avaliei o estado dela e me pareceu bom, estava em sono profundo saudável. Decidi ter uma conversa com Helen mais tarde. Perguntei a Gré se precisava de algo, disse que não. A situação me pareceu sob controle para tratar um pouco da minha vida. Prometi à holandesa retornar em uma hora e fui aos meus aposentos.

Franz encheu de cerveja o copo da mulher e de Helmuth. Gertrud saiu à varanda refeita com o demorado banho que acabara de tomar e reclinou-se sobre o parapeito, escrutinando a escuridão da noite. O bangalô grande embutido no arvoredo descortinava uma magnífica visão sobre o estreito, mas das instalações de Kungkungan só a plataforma com os barcos podia ser observada. Ela viu um barco atracar e o desembarque de alguns mergulhadores que de longe pareciam soldados de chumbo. Pouco depois Wang e Shi aproximaram-se em trajes de banho.

– E como foi o mergulho?

– Bom, muito bom.

– Para chineses sempre tudo é bom – falou Helmuth com voz baixa em alemão à filha. – Convide-os a tomar uma cerveja conosco.

Gertrud fez o convite, depois foi à geladeira, pegou uma Coca-Cola *light* e sentou-se junto ao pai. A escadaria que dava acesso à varanda rangeu denunciando a chegada de alguém. Para a alegria de todos, principalmente de Gertrud, era Hans, que deu um boa-noite geral e relaxou numa poltrona. Não demorou muito e a conversa foi interrompida pela chegada dos dois vizinhos. Frida e Franz cumprimentaram-nos em mandarim e a língua na varanda mudou do alemão para o inglês.

TRAGÉDIA

– Professor, vamos jantar?

Olhei o relógio, mostrava 20h58. Fechei o computador, apaguei as luzes e saí para dar um beijo na Alexandra. Viam-se luzes no apartamento do casal e decidimos aguardá-los. Perguntei pelo mergulho e ela assegurou que eu nada perdera, de rotina e sem graça. O astro da noite foi um *stargazer* que Fandi cutucou até que saísse da toca e só. Apareceu Mariana e pediu que esperássemos Ricardo terminar seu banho. Poucos minutos depois, partimos para o restaurante. Estávamos calados, como se os assuntos tivessem se esgotado. A noite tinha cerrado sua cortina e só esporadicamente um restinho de lua dava uma espiadela do céu nublado.

Ao entrar no salão, Bob fez vigorosos gestos para sentarmos com ele: estava com a mulher e Mark, e tinha até puxado uma mesa prevendo nossa chegada. Como por encanto, a presença do pirotécnico mudou a nossa disposição e a conversa começou a fluir leve e gostosa. Eu estava praticando o exercício inútil de substituir o *shiraz* do Jacob Creek, quando notei a entrada dos Hollnager, com Hans e os chineses. Eles também se atrasaram, constatei mentalmente; de resto, o comedor estava quase vazio, pois o despertador toca cedo aos mergulhadores. Lá pelas tantas, Alexandra fez uma referência negativa sobre Tom. Percebi que ia dizer algo mais substancial, porém, por alguma razão, julgou inconveniente e desconversou dizendo apenas que era uma companhia difícil no laboratório fotográfico e, por vezes, até dava a impressão de estar drogado. Realmente, não entendi essa da Alexandra; que necessidade havia em trazer à mesa qualquer assunto sobre o inglês? Francamente, foi uma observação inoportuna.

– Aparentemente drogado, não. Ele é drogado mesmo – acrescentou Mark com animosidade mal disfarçada. – Só não sei onde armazena suas drogas. De qualquer forma, amanhã livramo-nos dele.

– Eu apostaria nos equipamentos fotográficos, acho que até sei onde. Mas que história essa de nos livrarmos dele amanhã, Mark? – perguntou Alexandra.

O sobressalto foi geral porque ninguém ignorava que transportar, vender ou usar drogas na Indonésia é crime gravíssimo e a penalidade é a morte.

– É... Parece que ele vai embora amanhã – hesitou. O americano estava visivelmente atrapalhado, como alguém que cometera uma imprudência.

– Está na hora de dormir. Eu, pelo menos, estou cansado – o pirotécnico levantou-se bruscamente, disse *see you tomorrow* ao grupo e ao se virar em direção da saída quase trombou com Emmy e Hans.

– Mark, precisamos lhe falar urgentemente. Venha conosco.

O grupo ficou perplexo. Não pelo fato de a gerente não dirigir uma palavra sequer à nossa mesa; a estranheza foi o tom aflito da voz.

Bob pediu uma dose de uísque, acompanhado pelo Ricardo. Eu servi o resto do *shiraz* à Alexandra e pedi outra garrafa. Mariana permaneceu no chá. A declaração de Mark foi o foco dos comentários. Sem a chegada abrupta de Emmy e do suíço, ela teria escapado da nossa curiosidade. Contudo, esse acontecimento inesperado, sobretudo a essa hora da noite, atiçou estranhezas e curiosidades: o pirotécnico tinha algo importante a dizer sobre Tom; qualquer coisa sobre amanhã e sua evasiva simplória era apenas uma tentativa de evitar mais revelações. Ficou óbvio que num ímpeto emocional falara algo que não deveria. Alguém lembrou que Hans e Mark foram a algum lugar nessa tarde e aí surgiu o fato do suíço já tê-lo abordado em conversa aparentemente particular. Ou será o contrário: o americano teria tomado a iniciativa?

Mark mergulhava conosco regularmente e deixou de fazê-lo nessa tarde. Tampouco participou do mergulho noturno. O que estava ocorrendo em Kungkungan?

Lembrei da Gré e comuniquei ao grupo minha ausência por uns minutos. Mariana disse que viu a paciente assim que voltou do mergulho noturno e encontrou tudo em ordem. Ofereceu-se para ir comigo. Insisti que permanecesse, pois não via necessidade de ela me acompanhar e era melhor que ficasse com o marido.

Enquanto fui ver a holandesa e Helen que, verdade seja dita, me causava maior preocupação, o grupo continuou perdido na mazela de hipóteses e adivinhações, quando os ruídos noturnos habituais foram perturbados por ranger de pneus. Eram vários carros que chegaram em alta velocidade e frearam bruscamente em frente ao prédio da hospedaria. Como se tivessem recebido uma ordem unida, os poucos hóspedes remanescentes no restaurante se levantaram em bloco para espiar a estranha movimentação. Havia dois carros da polícia e uma ambulância parados diante do prédio e, na porta, como se fosse uma comitiva de recepção, estavam Emmy, Mark, Hans e Jeremie. O *dive master* falou algo às pessoas que desceram dos veículos e Emmy acrescentou algumas palavras; ela tinha razoável domínio da língua local. A confusão entre os visitantes só aumentou, enquanto o grupo se afastou em direção do centro de mergulho. Ninguém entendia coisa alguma.

Ao retornar, encontrei o pessoal em grupinhos frente ao prédio e falando em voz baixa, como nos funerais. Um pouco mais ao lado, a equipe da cozinha estava aglomerada como um bando de pintinhos em dia de chuva. Falavam com voz sumida, como se trocassem segredos entre si. Perguntei à cozinheira, que tinha certa familiaridade com o inglês e era minha amiga de troca de receitas, o que estava ocorrendo. Ela respondeu que alguém se acidentou. Era só o que sabia. Voltei à rodinha da nossa turma e repassei a informação, com meu adendo de que deveria ser grave.

Continuamos ao relento numa troca de ideias errática, jogando fora uma conversa perdida em conjunturas. Alguém sugeriu que fôssemos até os barcos para investigar o que ocorria. Má ideia. Fomos barrados por um policial no ponto onde havia a bifurcação para o bangalô grande. Decidimos voltar ao restaurante e aguardar notícias, menos Shi e Wang, que disseram boa-noite e se dirigiram ao apartamento.

Ninguém voltou às mesas, os hóspedes ficaram dispersos próximos à saída conversando e bebericando. Após longos minutos, quase uma hora, apareceram quatro pessoas transportando uma maca com um corpo envolto por cobertor e imediatamente colocado na ambulância. Logo depois chegaram nossos conhecidos e as autoridades. Os chefes da segurança e do grupo de socorro despediram-se. Com a exceção de um carro policial, os veículos logo desapareceram na estrada que leva a Bitung. Só então abordamos Mark e indagamos pelo acontecido.

– Thomas Shand morreu afogado no tanque – disse com uma voz cansada e pediu permissão para se retirar. Parecia realmente esgotado.

SÁBADO

INVESTIGAÇÃO EM KUNGKUNGAN

Até parece que os primeiros raios do sol foram os arautos do infausto acontecimento. Tal como fogo morro acima e água ladeira abaixo, as más notícias têm o dom de se espalhar com incrível rapidez. Durante o café da manhã não houve outro assunto senão a morte do fotógrafo inglês. Wang contou que o apartamento do Tom foi selado e havia um guarda na porta. Ele e Shi tiveram a infeliz ideia de querer vê-lo pouco depois que chegaram ao bangalô ontem à noite.

– Não sabíamos que estava morto. Certamente seremos inquiridos pela polícia – suspirou.

Nenhum barco saiu pela manhã. Os policiais isolaram o centro de mergulho e o laboratório fotográfico desde a véspera e barraram qualquer tentativa de visita. Alguns hóspedes tiveram vontade de fazer *snorkling* na outra extremidade da baía e quiseram buscar suas máscaras. Não foi permitido. Pior: o Kungkungan Bay Resort foi fechado completamente, ninguém podia entrar nem sair. Alguns tiveram que cancelar excursões e mesmo voos de retorno. Os recém-chegados a Kungkungan foram instruídos a ficar em Bitung ou voltar para Manado.

Lá pelas 10 horas começou o inquérito policial, não deixando dúvidas de que o caso era de assassinato. O delegado Bernard Ratulangi instalou-se na sala da administração e começou a chamar os *dive masters*. Como sempre em crimes de estações de veraneio, em qualquer lugar do mundo, a primeira suspeita recai sobre os empregados: eles têm de provar que focinho de porco não é tomada. Suas dependências foram cuidadosamente vistoriadas sem a menor cerimônia, enquanto os apartamentos dos hóspedes não. Só seria em circunstâncias especialíssimas. As pousadas dedicadas ao mergulho, embora apresentem notável camaradagem entre empregados e visitantes, para a polícia não são diferentes de qualquer outro tipo de estabelecimento turístico. E nem pode ser, é assim que entende a ordem que regula a segurança e a investigação em toda parte.

Os motivos mais frequentes no caso desses crimes são: apropriação de bem alheio e desavenças. Nessa ordem. Claro que os representantes da lei estavam se esforçando em fazer um inventário dos bens de Thomas Shand e, na ausência de qualquer companheiro ou companheira de viagem do falecido, era óbvio que os *dive masters*, sobretudo Jeremie, seriam as melhores fontes de informações. De eventuais desafetos também.

Como viscosa umidade tropical, as notícias dos progressos do inquérito se infiltravam entre os turistas rapidamente. As informações transmitidas ao delegado chegavam a nós por via expressa e todos discutiam animadamente os ocorridos nos últimos dias e davam seus palpites: os desentendimentos do fotógrafo com o casal Stallman, a recusa de Helen e Gré de mergulhar com ele; que Mark, seu vizinho de apartamento, saía conosco e não com o grupo do bangalô grande, como inicialmente organizado e tudo mais. É claro que os indonésios falavam entre si e davam suas versões aos hóspedes que se concentravam na piscina e arredores. O minúsculo bar planejado para atender meia-dúzia de banhistas mal conseguia atender às exigências, redobradas pelo calor que aumentava como o avanço das horas. Aqueles que preferiam uma sombra entraram no restaurante e tomaram conta principalmente da varanda, ainda protegida do sol pelo prédio. Alguns poucos ficaram mais distantes, dispersos pela praia do lado contrário ao centro de mergulho.

Soube-se, também, que o *iPod* de Shi foi encontrado com Jeremie, entre outros objetos que tampouco eram da propriedade do chefe dos *dive masters*. Devia ter algum inimigo entre os empregados do centro de mergulho ou, no mínimo, alguém cobiçava sua posição de chefia para espalhar essa inconfidência que o denegria.

Decidimos visitar Gré e Helen. Combinamos que Alexandra chegaria um pouco mais tarde e, enquanto Mariana e eu examinássemos a holandesa, Ricardo falaria com a senhora Willoughby revelando o que acontecera com Tom, porque era a única pessoa a quem ela abrira a janela do seu passado. Quando vi a paciente ontem à noite, Helen já estava acordada e trocamos algumas palavras, inclusive sobre suas pílulas soníferas. Recebeu minhas advertências com amabilidade, mas percebi sua indiferença; parecia desligada e pouco lhe importava sua saúde. O inesperado reencontro com o ex-marido foi um choque insuportável. Como receberia esse afogamento? Veríamos em breve.

Gré estava bem e, quando discutíamos da conveniência de tomar soro antitetânico em Bitung, irrompeu Helen:

– Gré! Tom está morto! Morto!

A jovem ergueu-se da cama estupefata:

– Morto? Como?

Achei que tinha que controlar a situação, pedi calma e transmiti tudo que sabíamos com uma voz monocórdica, o mais tranquilo possível. Acho que tive sucesso porque as duas se aclamaram e Willoughby declarou que iria ver o corpo do Tom. Expliquei por que isso, agora, era impraticável. Também esclareci que a polícia de Minahasa não tinha a menor ideia de suas relações e as probabilidades de ficarem sabendo eram mínimas.

– Pois saberão de mim – disse a inglesa após alguma reflexão.

Entreolhamo-nos. Houve um silêncio de minutos, enquanto cada um percorria velozmente as alternativas e consequências. Por fim concordamos que Helen tinha razão, sem dúvida alguma era a atitude mais acertada. A revelação poderia ser incômoda; no entanto, o encobrimento do fato poderia eventualmente conduzir ao constrangimento e, principalmente, levantar suspeitas vãs, porém indesejáveis.

Resolvemos almoçar no bangalô delas. Alexandra e Ricardo foram ao restaurante providenciar as comidas e bebidas, enquanto Helen foi tomar um banho rápido. Coube a mim e a Mariana distrair a paciente.

A REVELAÇÃO DO PIROTÉCNICO

Comemos pouco, ninguém tinha apetite. As bandejas que carregávamos ao restaurante estavam cheias de alimentos intocados.

Ficamos sabendo que Emmy fizera um apelo, a pedido do delegado, para que os hóspedes com informação sobre o Tom ou algum acontecimento ligado ao falecimento, por mais insignificantes que parecessem, relatassem às autoridades. Também tivemos notícia da representação feita pelo grupo australiano. Em termos enérgicos, solicitaram – porém, na realidade, soou como uma exigência aos ouvidos indonésios – liberação imediata para continuar seus lazeres ou, em último caso, sair do Kungkungan Bay Resort. O senhor Ratulangi tentou fazê-los ver a impossibilidade de saber quem tinha ou não tinha envolvimento no caso; argumentou ser muito cedo para uma triagem. No entanto, outras vozes juntaram-se à dos *aussies*. Outros mergulhadores pediram à Emmy para usar as facilidades da gerência para se comunicarem com suas embaixadas em Jacarta[37]. Ela teve que ceder. O que aconteceu surpreendeu e decepcionou os turistas: as representações diplomáticas que puderam ser consultadas, sem exceção, aconselharam paciência e calma aos seus cidadãos e cooperação com as autoridades locais.

É claro que as conexões da polícia de Minahasa foram mais eficientes do que os telefonemas da pousada e dialogaram com as embaixadas antes dos hóspedes. Afinal de contas, tratava-se de um assassinato.

Helen Willoughby foi até a gerente, rodeada de pessoas aborrecidas e revoltadas, e disse calmamente que desejava fazer um depoimento ao delegado. Foi uma ducha fria na agitação e, enquanto a inglesa se afundava na poltrona mais próxima, os visitantes se dispersaram. A maioria foi aos bangalôs atendendo aos apelos do peso pós-prandial e refugiando-se do mormaço que anunciava um aguaceiro iminente.

Mark veio falar conosco. Tinha coisas importantes a dizer, além de se despedir. Curiosos, acolhemos a sugestão imediatamente. Como é? Mark Svenson iria embora? Não estávamos entendendo nada. Ele fez questão de oferecer a bebida de preferência de cada um, pediu desculpas pelo seu comportamento nos últimos dois dias e, pausadamente, começou seu relato:

No voo para Cingapura seu companheiro de viagem fora Thomas Shand. No começo até conseguiram trocar algumas ideias, entretanto pouco demorou para intuir que

37 Ver mapa da Indonésia.

o inglês não era boa coisa. Sobretudo sua fanfarronice o desagradava. Seu hábito de tomar cerveja pelo gargalo lhe pareceu inadequado, até ordinário. Pediu licença e mergulhou nas páginas do livro que trouxera Lá pelas tantas viu de esguelha que Tom tirou um tubinho fino de seu bolso e meteu duas pílulas pequenas na boca, que deglutiu com cerveja. Poucos minutos depois seu companheiro de viagem transformou-se: interrompeu sua leitura sem cerimônia e desandou numa loquacidade exasperante. Mark vivera a juventude intensamente, participando dos movimentos da moda e logo percebeu que o fotógrafo inglês era um viciado dependente. A fim de ficar tranquilo com a consciência lembrou-lhe que Cingapura tinha tolerância zero com as drogas e a morte era a pena reservada aos pegos pela lei. Tom limitou-se a rir:

– Não me pegarão nunca!

De fato, não o pegaram. O porquê explodiu como um *flash* na cabeça de Mark quando os Hollnager contaram a tragédia da família Frisch no aeroporto de Changi. O inglês simplesmente colocou o tubinho na primeira bolsa que alcançou.

– Agora entendi a exclamação *son of a bitch.*

– O quê? Quando eu disse isso?

Alexandra refrescou sua memória dos pormenores ocorridos naquela quinta-feira no restaurante.

– Bem, pode ser, mas não lembro disso. Então passei por uma agonia para decidir o que fazer, qual era meu dever. Na mesma noite entrei em contato com a embaixada dos Estados Unidos e contei tudo que sabia.

Mark explicou-nos que Hans Metlich era da embaixada suíça de Cingapura e veio para entrevistar os Hollnager, pois foram as pessoas que presenciaram a detenção dos Frisch e tiveram a gentileza de avisar a embaixada. Quando ele chegou e contatou os Hollnager, as duas embaixadas, dos Estados Unidos e da Suíça, comunicaram-se e Hans reorientou sua ação; os alemães já não eram tão importantes, precisava se entender com ele, Mark, e a polícia local. Indonésia e Cingapura tinham suas divergências políticas e comerciais, porém, quanto às drogas, fizeram sólidos acordos e a cooperação corria por linhas bem lubrificadas. Os dois foram a Bitung, onde os aguardava um grupo especializado em repressão a drogas. Ficou tudo acertado para a detenção de Thomas Shand sábado de manhã e a ida de Mark a Cingapura para testemunhar o que vira no avião. Missão mais desagradável era difícil de imaginar, além disso, a confusão em que Mark se meteu o obrigava a abortar os mergulhos em Raja Ampat.

– Só não sabemos ainda onde guardava os comprimidos. Meus amigos, acreditem que me sinto aliviado pela decisão que tomei, estou em paz comigo mesmo. Nunca poderia dormir sossegado com esse peso na consciência. Só lamento que não nos vejamos semana que vem nas águas de Raja Ampat – Mark parecia sereno ao concluir o relato.

– Pois eu acho que sei onde estão as drogas – exclamou Alexandra e deu um sorriso maroto ao pirotécnico. – Talvez até explique algumas outras coisinhas...

O palpite dela era o equipamento fotográfico, as hastes ocas e desarticuláveis feitas especialmente na fábrica dos Willoughby. Um esconderijo perfeito, pois pareciam maciças e eram impenetráveis aos raios X.

– Veja, Mark, assim como eu, Tom também não pôde guardar sua preciosa máquina nos compartimentos do teto da aeronave. Sua caixa deve ter sido retirada e guardada pela tripulação. Ora, como viajante experimentado, ele conhecia bem essa rotina e poderia ter tirado um tubinho antes do embarque e na impossibilidade de escondê-lo novamente se desfez dos comprimidos na primeira bolsa ao seu alcance. Não deve ter sido a primeira vez que usou esse expediente. Meu Deus! Quantas outras vítimas deve ter feito!

Na mesma tarde os policiais comprovaram a hipótese da Alexandra. O encontro dos outros tubos facilitou imensamente a tarefa de Mark Svenson; lamentavelmente, sem evitar sua ida à Cingapura e o cancelamento do resto da viagem. Entretanto, ficamos sabendo pela correspondência que manteve com Alexandra da satisfação em receber os cumprimentos dos embaixadores dos Estados Unidos e da Suíça; principalmente, os comovidos agradecimentos da família Frisch.

VIAGENS CANCELADAS

Bernard Ratulangi recebeu Helen amavelmente. Fez sinal para sentar-se e ofereceu-lhe chá e suco de laranja. A inglesa acomodou-se e respondeu que mais tarde talvez aceitaria o chá. Aparentava absoluta calma. O tormento e tensão se dissiparam nas últimas horas e deram lugar a uma estranha sensação. Não, definitivamente não era o alívio que batia à porta; era uma mistura de recordações subliminares de agonias e dores, plenitudes e ternuras. As satisfações sexuais sempre deixam sua marca, como o movimento das ondas nas areias: as mais vigorosas gravam os sulcos mais permanentes e profundos. O passar do tempo sepulta as violências físicas e os espasmos orgásticos na mesma cripta do cemitério da memória e lá permanecem em contínua transformação, sem nunca alcançar a extinção e os despojos se confundem. O amor verdadeiro só sublima com o cessar das palpitações cardíacas. E uma vez, há muito tempo, Helen amou Tom, foi sua primeira grande colisão com a paixão que as decepções e crueldades que se seguiram nunca apagaram e nenhum outro encontro posterior conseguiu remetê-la ao esquecimento. As dores se esgotaram e a alma de Helen Willoughby flutuava numa lagoa anestesiada em que pontas de tristeza afloravam como rochas num jardim zen.

O delegado ouviu que era divorciada de Thomas Shand e da coincidência do encontro deles em Lembeh com impassibilidade profissional. Após algumas perguntas sobre onde esteve e o que fez entre 19 e 21 horas de sexta-feira, indagou se sabia algo da vida do falecido marido após o divórcio. Helen balançou a cabeça negativamente: depois da separação desinteressou-se por seu destino. Ao se despedirem, estranhou que não lhe foi inquirido se suspeitava de alguém. Talvez fosse rotina apenas em filmes policiais e a realidade era diferente, pensou. De qualquer modo, não poderia ter dado nenhuma sugestão.

Após o depoimento de Helen Willoughby, ou ex-senhora Shand, Ratulangi deixou a salinha da administração e se dirigiu ao setor isolado para uma reunião com seus auxiliares. As pessoas que se ofereceram para prestar informações espontâneas ficaram frustradas pela espera que as aguardava. Achamos curioso a quantidade de mergulhadores que parecia ter algo a contribuir, pois nenhum deles vimos ter qualquer relação com o fotógrafo; aqueles poucos que sabíamos ter algum incidente passado ou presente com ele, ao contrário, não se ofereceram.

Aproveitei o intervalo para conversar com Angelique a sós. Convidei-a para uma pequena caminhada pela praia, aceita prontamente. Paramos na sombra de uma avantajada amendoeira e, após certificar nossa privacidade, disse-lhe que eu e ninguém dos brasileiros iríamos mencionar os furtos de suas fotos ocorridos em Yap às autoridades. Assim, cabia a ela e aos seus colegas da Sorbonne a decisão de qualquer revelação.

– Com franqueza, não vejo em quê aquele incidente contribui para o esclarecimento da morte de Tom – concluí para tranquilizá-la.

O jantar foi lúgubre. Os hóspedes falavam em voz baixa, como nos enterros. Nós ficamos com Bob e Katty semeando palavras no campo estéril das trivialidades. A única constatação que mereceu especulação foi a presença de Hans Metlich na mesa dos Hollnager e da dupla chinesa. Por que o enviado da embaixada suíça permanece em Kungkungan? Se Mark foi a Cingapura, o que retém Hans? Estávamos explorando as diversas saídas para o dilema quando Emmy entregou a cada um de nós um envelope. O conteúdo era o mesmo para todos: convocação para uma entrevista com o delegado no dia seguinte. A hora não era mencionada. E a viagem para Raja Ampat? Segunda-feira, às 5h30, deveríamos sair para Manado, a fim de voar para Sorong, no bico da "cabeça do pássaro"; assim foi chamada a parte noroeste da ilha de Nova Guiné pelos cartógrafos holandeses: Vogelkop – cabeça de pássaro. Uma designação feliz já que no mapa a semelhança é surpreendente[38].

Consideramos a situação pesando as possibilidades e decidimos falar com a gerente. Ela foi direto ao âmago da questão. Se nós fôssemos impedidos de viajar pelo andamento da investigação, as autoridades reembolsariam os

---

38 Ver mapa da Indonésia.

prejuízos. Entretanto, para isso deveríamos cancelar a ida junto à própria polícia. Se optássemos pela probabilidade de tudo terminar a tempo e tivéssemos um *no-show* em Sorong, as despesas seriam nossa responsabilidade.

– Emmy, isso é sua opinião ou uma certeza? Eu me sentiria bem melhor se houvesse uma garantia das autoridades.

– Está certo, professor. Falarei com o delegado Bernard Ratulangi amanhã de manhã, sem falta.

Retornamos à mesa e continuamos a mastigar o assunto, desta vez com os Stallman, eles tinham dificuldades similares com o retorno a Houston. Lá pelas 23 horas, fechamos a questão optando pelo cancelamento, desde que as autoridades assumissem os prejuízos oficialmente. Fomos dormir com essa pílula amarga na boca.

DOMINGO

A VISITA DE AROK INTAN

A manhã de domingo desabrochou cobrindo Lembeh de puro anil. Uma brisa fresca vindo do mar perfumou a baía e transformou os raios solares em carícias. Era a promessa de um dia perfeito para descansar. Aliás, seria, se não houvesse uma agitação inusitada entre os hóspedes. Quase todos juntavam seus pertences para ir embora. A polícia tinha colocado todo o material de mergulho no gramado no limite das linhas de isolamento e a região parecia um galinheiro em alvoroço. Muito nervosismo e impaciência, empurrões e palavras ásperas entre mergulhadores. Foi como se estivessem criticamente atrasados para pegar um barco prestes a zarpar.

Nossa primeira providência após o café da manhã foi uma visita ao bangalô de Helen. Encontramos ambas as mulheres na varanda bem dispostas e consumindo a comida trazida por um garçom do restaurante.

– Gré, você deveria tomar chá em vez de café – advertiu Mariana.

Ela levantou os ombros sem nada dizer. Willoughby era outra pessoa, rejuvenescida, comunicativa e com toda a autoconfiança. Falou de seus projetos comerciais e perguntou pela aceitação da arte *pop* no Brasil, particularmente em São Paulo. Ninguém podia dar uma opinião, mas prometi falar com dois amigos *marchands* e lhe mandaria um *e-mail* sobre o assunto. Fomos então interrompidos pelo delegado. Cumprimentou-nos brevemente e dirigiu-se diretamente a Gré, perguntando onde estivera entre 19 e 21 horas de sexta-feira. Ela respondeu que esteve acamada, pois tivera um acidente com um peixe-vespa. O inspetor estava a par do acidente e inquiriu sobre os detalhes que interessavam a investigação. A holandesa relatou a minha presença e da Helen, que dormia. Falou da minha saída, da chegada de Mariana, do despertar de Helen e do meu retorno mais tarde.

– A que horas o professor a deixou?

– Em torno das 20 horas.

– E a que horas voltou?

– Não sei. Acho que às 21 horas.

– E quando chegou a Dra. Mariana?

– Penso que deve ter sido entre 20 e 21 horas.

– A senhora não olhou o relógio?

– Não. Quando o professor saiu disse que era quase 20 horas e voltaria uma hora mais tarde. Não foi, professor?

Balancei a cabeça que sim.

– Doutora Mariana, a que horas a senhora veio ver a paciente?

– Logo que voltei do mergulho noturno, ao redor das 21 horas. Não tive o cuidado de consultar o relógio.

– O senhor voltou ver a senhora Gré uma hora depois?

Expliquei que não, porque Mariana me informara de sua visita e do estado da paciente, que me permitiu adiar o retorno.

Ao se despedir, o delegado comunicou secamente que as autoridades arcariam com as despesas de todos os prejudicados pelo inquérito, desde que fossem documentadas.

Estávamos na parte rasa da piscina, com os Stallman e os chineses, aproveitando as delícias das águas ainda frescas nesta hora da manhã. Sorvíamos sucos preparados pelo *barman* quando apareceu um homem fardado perguntando pelo casal Stallman. Bob se identificou e soube que o delegado queria falar com ele e Katty. Foram se trocar. Dei umas braçadas ao bar, a fim de pedir repetição dos sucos realmente deliciosos e deparei-me com Arok Intan agachado na borda da piscina. Cumprimentou-me amavelmente. Chamei os outros e apresentei o médico legista. Saímos da água e procuramos uma sombra gostosa, fácil de encontrar, a área estava praticamente vazia.

– Posso lhe oferecer uma bebida, Dr. Arok?

Ele pediu água mineral com gás e uma cortina de silêncio envolveu a mesa. Senti que me cabia uma iniciativa, antes da situação transformar-se em embaraço.

– Então, professor Intan, Kungkungan está lhe dando muito trabalho?

Fez um sinal calmo que sim e com naturalidade abordou o tema pelo qual ansiávamos.

Soubemos que Thomas Shand morrera afogado na tina. Seus pulmões estavam cheios da água salobra de uso geral no repouso; na realidade, apenas a cuba reservada para equipamentos fotográficos contém água fresca. A pausa que seguiu essa abertura inicial pareceu uma eternidade e todos se concentraram nos canudinhos dos sucos, rodando as pedras de gelo no copo.

– Bem – quebrei o silêncio –, não parece um local apropriado para suicídio. Nem mesmo um bêbado após uma garrafa de vodka cairia dentro do tanque de roupas.

– Sr. Shand não estava alcoolizado, mas drogado com LSD. Certamente, engoliu duas pílulas pouco antes de morrer e não sei quantas outras há mais tempo, pois o nível sanguíneo encontrado foi bem alto.

Fez uma pausa e continuou, como se falasse de qualquer trivialidade:

– Ele levou uma pancada na nuca com algum objeto pesado bem protegido. Não havia lesão no couro cabeludo, apenas um hematoma sob a pele. Deve ter sido jogado na cuba inconsciente.

– O senhor sabe por que o delegado quer falar conosco? – a voz da Alexandra denotava irritação.

– O delegado Bernard – Arok sempre se referia ao policial usando seu nome próprio – precisa falar com todos que tiveram relacionamento com Tom Shand. A senhora esteve assiduamente com ele no laboratório fotográfico – Arok deu uma sutil ênfase à palavra "assiduamente". – Ponha-se no lugar dele, a situação não é fácil. Numa pousada frequentada por um seleto grupo internacional há dois assassinatos e um afogamento em circunstâncias não esclarecidas. Supõe-se que há dois criminosos ou um grupo de envolvidos, e o resto nada tem com o caso. Existem pressões dos hóspedes para tudo acabar rápido, para continuarem a gozar suas férias. O interesse do governo da Indonésia é o mesmo, deseja restabelecer a ordem urgentemente e causar a menor inconveniência possível. Mas há crimes a resolver. O fato de uma das vítimas quase ser detida por consumo e porte de drogas e, portanto, pelas leis do nosso país sujeita à pena de morte, não nos desobriga do dever: descobrir o assassino, em singular ou plural. De um lado, Bernard terá que ouvir todos que apresentam qualquer suspeita, por mais remota que seja; de outro, provocar o menor desconforto aos inocentes e evitar um escândalo internacional que a mídia lambe os beiços para divulgar, sobretudo quando se trata de nações como a nossa e, se por isso, a vossa, o Brasil. A senhora concorda?

– Acho que sim. Contudo, o processo poderia ser mais ágil. Não precisávamos perder nossa viagem a Raja Ampat! – fuzilou Alexandra.

– Isso me entristece profundamente. Como disse ao professor, trabalho também na Faculdade de Medicina de Jayapura, na Nova Guiné e, embora não mergulhe, conheço a fama de Raja Ampat. Fique tranquila, o delegado é sério e capaz, como já afirmei. Um dos assassinatos já se resolveu ontem e ele liberou a maioria o mais depressa que pôde. Afinal, é um processo caro, se a Indonésia tiver que pagar os prejuízos dos viajantes. Essa maioria partirá ainda hoje e só algumas pessoas continuarão até amanhã. Ele está aguardando algumas respostas de Londres; nesse caso não há como evitar o envolvimento da Scotland Yard. E Bernard tem uma batata quentíssima, os chineses. A ética não me permite adiantar nada, além de que são os principais suspeitos. Creia-me, prezada senhora Alexandra – e a voz de Arok baixou quase uma oitava –, minha situação tampouco é trivial. Com uma penada poderia colocar um ponto final nesta agonia toda. É só declarar na perícia acidente ou suicídio... Mas Arok Intan não fará isso e as autoridades do meu país sabem disso.

– O senhor disse que o caso de Álit já está esclarecido?

– Sim, doutora Mariana. Não posso revelar a identidade do criminoso, apenas adiantar que foi um indonésio. Professor, fiz a autópsia do cadáver de Virgínia, a mergulhadora italiana; não consigo memorizar seu sobrenome, é tão complicado! Como previu, o afogamento no mar está confirmado. Além dos sinais clássicos de massagem cardíaca, nenhum achado importante. Enviei todo o material para exames toxicológicos sexta-feira mesmo. Os meus amigos da capital retornarão logo os resultados porque sem isso suas amigas não poderão voltar à Itália.

Guiei a conversa por um atalho ao seu paraíso de flores no Gardenia Country Inn e perguntei pela esposa, a dona Mariah. Daí a pouco despedimo-nos dessa figura singular e afável e partimos aos apartamentos, a fim de nos aprontarmos para o almoço.

Bob e Katty juntaram-se a nós quando já estávamos inspecionando os pratos principais. Relataram suas entrevistas com o delegado nos mínimos detalhes. Que o cadáver de Tom estava coberto com o *wetsuit* de Bob, que o morto usava uma camisa de Bonaire idêntica à dele, que não o conheciam antes de encontrá-lo em Lembeh e assim por diante. Katty, misturando jocoso com bravata, disse ao policial que até gostaria de ter eliminado o inglês da face da Terra. Aí o senhor Ratulangi indagou que prova oferecia de que não cometera o crime. Caiu a ficha: o casal entendeu que o fato de terminarem o mergulho noturno, trocarem de roupa e jantar, era um álibi frágil porque um se apoiava no outro e não havia uma sólida testemunha neutra. Bob afirmou que se a suspeita era de uma ação conjunta do casal Stallman, noventa por cento dos hóspedes ofereceriam um álibi idêntico ao deles.

Bem, imagino que o delegado deu um suspiro de alívio ao se livrar dos dois com a comunicação de que poderiam fazer as malas e ir embora.

O DELEGADO E O LEGISTA

Bernard Ratulangi estava sentado no seu escritório em Bitung, olhando o vazio, quieto e pensativo, não abanava nem as moscas na face. Os auxiliares sabiam que nesses momentos era prudente não interrompê-lo, o chefe não queria e não devia ser incomodado. Quando assumia essa atitude de concentração intensa até sua mulher e seus três filhos adolescentes já se habituaram deixá-lo em paz; só uma pessoa tinha acesso a ele: Arok Intan. A diferença de quinze anos entre eles não impediu que construíssem uma amizade sólida. Desde que Bernard entrara na polícia e conhecera o legista, havia uma intimidade de irmãos e Arok oferecia uma mente aberta aos dilemas e angústias do amigo mais jovem e era o conselheiro respeitado. Sua chegada na delegacia nem foi notada, todos sabiam do livre trânsito junto ao chefe. O médico entrou na sala e fechou a porta.

– Meu amigo está em dificuldades?

Pois estava. O caso de Álit já estava resolvido, o da italiana aguardava os resultados toxicológicos, mas o fotógrafo assassinado era uma grande dor de cabeça. Seus superiores em Jacarta mandaram-no fechar o caso imediatamente. Como? Isso era problema dele. As autoridades cientes do crime em Kungkungan, desde os ministérios de Relações Exteriores e da Segurança até a Divisão de Combate às Drogas, eram unânimes na opinião de que o caso não merecia ruído, fogo nem fumaça. Um inglês com drogas e drogado, que fizera uma felonia em Cingapura, sem familiares a reclamar, não merecia investigação que certamente ganharia as manchetes e moveria a opinião pública mundial contra a Indonésia. Como se não bastassem os incidentes terroristas em Bali e as guerrilhas em várias ilhas, os desastres naturais causados pela erupção de vulcões e os *tsunamis*. O último arrasou as praias de Sumatra, deixou 60 mil mortos e causou indignação internacional pela ineficiência do país em socorrer os cidadãos. A mídia jamais criticou o fato do generoso auxílio das nações do Primeiro Mundo apenas beneficiar as áreas de turismo da Tailândia. Sem falar na legislação severa contra as drogas, com pena de morte, que a maioria dos governos reprova abertamente. Não, definitivamente não: Thomas Shand não valia mais do que um enterro rápido.

Da Inglaterra, as informações foram, dependendo da perspectiva, substanciais e lacônicas. O cidadão Shand tinha uma lista extensa na Scotland Yard: crime grave pago com seis anos de prisão, denúncias de violências físicas e processos por falência fraudulenta e dívidas junto a bancos. Seus pais já faleceram e sua única irmã, assim como os parentes mais próximos, se absteve de fazer declarações, nem mesmo pediram o corpo. Ele foi legalmente separado de Helen Willoughby, única esposa e, no momento, sem união estável. Os entendimentos entre os canais de segurança encerraram-se com as autoridades britânicas pedindo que seus colegas da Indonésia seguissem os procedimentos habituais nas circunstâncias. Atitude *non-committal* medularmente britânica de não compromisso até prova ou necessidade em contrário.

O habitual era tudo que Jacarta não queria. As ordens eram peremptórias: sem evidências concretas, Ratulangi deveria finalizar o interrogatório, fechar o caso e mandar as cinzas a Londres. Muito fácil para os superiores, pois não eram eles que teriam de registrar no relatório que se tratava de caso não esclarecido. Por sua vez, seu laudo seria repassado à embaixada da Grã-Bretanha e à Scotland Yard pelas altas esferas com suspiros, alçar de ombros e desculpas pela existência de um delegado de província tão relapso quanto incompetente.

– É, situação incômoda, sem dúvida. A primeira ideia que me ocorre como legista do caso é dirigir-me às autoridades britânicas e pedir instrução oficial de como enviar o corpo.

– Isso não lhe cabe, Arok.

– Cabe e não cabe, irmão. Quem responde diante das leis pelos achados da autópsia sou eu. Sei que Jacarta quer economizar no transporte e, mais ainda, sepultar o assunto tanto quanto possível. Eles não querem mais perguntas à Yard. Mas – e Arok sorriu com benevolência – você sabe como eu morro de medo deles.

Isso era ele! Amigo de verdade! Buscando dignidade à condução do caso e ajudando a preservar o nome do delegado à custa dele. Realmente, Arok não tinha o que temer: era professor de duas universidades e de reputação ilibada. Olhou para o médico com gratidão e perguntou se queria uma comunicação das ordens que recebera.

– Não parece necessário – e, após um instante de reflexão, corrigiu: – Pensando bem, quero. Mande a instrução de Jacarta para a cremação. O legista do caso não só deve ser informado como precisa estar de acordo com a incineração do cadáver.

Bernard engoliu em seco. A sugestão foi sem intenção secundária alguma, contudo o fato era que a comunicação o protegeria e, eventualmente, só poderia pesar contra o legista teimoso que, indiferente às opiniões superiores, consultaria Londres. Entretanto, o delegado sabia que não poderia mais negar o documento, Arok não deixaria.

A amizade deles, como tantas outras, era baseada na união de caracteres opostos. O médico era tranquilo, sem conflitos e tensões. Suas convicções éticas e morais cresceram e se fortaleceram durante anos e anos de análise do fluxo da vida e de si mesmo. Além de nascer na classe média alta, que lhe permitiu formação universitária e aperfeiçoamento no exterior, fora abençoado por um gênio positivo que cativava seus semelhantes. Considerava-se bem casado com Mariah, a alma do Gardenia Country Inn e, além de dois filhos, já tinha quatro netinhos.

O policial, ao contrário, era filho de camponeses e teve que trabalhar desde cedo para sustentar os estudos. Sua retidão e inflexibilidade eram frutos de sofrimento e injustiça que observara em torno de si e a ética lhe pesava como uma missão imposta por penitência. Era taciturno e não despejava dúvidas e angústias nem na cama de casal. Tampouco fez esforço algum para se desfazer do dom que lhe era inato: o de causar medo nas pessoas. Infelizmente, ao contrário de Arok, toda corrupção e podridão o atingiam como um ferimento e sofria muito com isso.

– Hans Metlich, aquele sujeito mandado pela embaixada suíça de Cingapura, virá daqui a pouco. Conversaremos sobre os senhores Shi Ping Shu e Wang Shia Hong, os principais suspeitos. O inglês fez uma documentação substanciosa do relacionamento íntimo deles com sua câmera de fotografia noturna. É bem provável que os tivesse chantageado. Você sabe, Arok, homossexualismo é inaceitável no Politburo de Beijing. Por último, voltarei minha atenção sobre a brasileira Alexandra, vista muitas vezes com a vítima. Acho que há algo de errado com ela ou com todo o grupo brasileiro. Sabe, é apenas uma intuição, não consigo nem colocá-la em palavras; é como um alarme tocando em algum recesso do meu cérebro. Se tiver tempo, fique e ouçamos o que o diplomata suíço tem a dizer.

NA DELEGACIA DE BITUNG

Enquanto esperavam o suíço, Bernard pôs Arok a par das investigações sobre Álit. Uma vez reconhecido o cadáver, a tarefa foi fácil. Os achados da autópsia apontavam os motivos do assassinato, embora a violência empregada pelo criminoso fosse inusitada. Sua primeira providência foi levantar com a gerência do Kungkungan Bay Resort a lista e endereço dos empregados e mandar os policiais visitar a residência daqueles que moravam nas proximidades. Sexta-feira, no fim da manhã, o delegado já tinha em mãos a informação de que, na casa de Jeremie, uma de suas filhas foi rebentada a chicote. Imediatamente se pôs em campo e foi interrogar a família, enquanto o *dive master* estava trabalhando no centro de mergulho. A menina tinha dezesseis anos e estava de namoro com Álit sem o conhecimento dos pais. Uma família minahassense cristã jamais consentiria casamento com hindus. A casa de Jeremie ficava ao sul do *resort* numa vila de pescadores e o balinês chegaria lá por barco em dez minutos. Em um recanto mais isolado e aconchegante da praia, o par tinha seu ninho de amor. A mãe desconfiou de tudo quando apareceram os sinais de gravidez na filha. A reação de Jeremie foi imediata e violenta. Deu uma saraivada de chicotadas na menina e pegou o amante na noite de quarta-feira quando fora visitar a filha.

– A mãe tem ideia do assassinato?

– A mulher apenas suspeita da morte do rapaz, mas nada testemunhou. Álit com certeza não sabia da gravidez nem da descoberta da relação com a moça.

– Claro que não – observou Arok –, pois ele teria fugido assim que soubesse. Jeremie sabe que o crime foi descoberto?

– Apenas desconfia porque sabe da batida policial, entretanto ignora que o cadáver flutuou. Vamos manter isso em segredo porque precisamos dele para concluir o caso do inglês, só depois vou prendê-lo.

– Não creio que pegará uma pena longa. Tem vários atenuantes que a justiça local levará em conta: filha menor, gravidez, defesa da honra. O advogado procurará convencer o júri de estupro da menina e o pai perdeu a razão nas circunstâncias.

– Sim – respondeu o delegado –, no entanto, vamos abrir as baterias contra Jeremie e colocar todos os agravantes possíveis. Um animal desses não pode ficar solto por aí.

Um policial interrompeu a conversa comunicando a chegada do estrangeiro.

O diálogo entre Ratulangi e Metlich foi demorado. Ambos eram detalhistas e o suíço era meticuloso e bom de raciocínio. Ficou estabelecido que Thomas Shand fez as pazes com o Criador entre 20h40 e 21 horas; como hipótese, as margens de tempo extremas foram limitadas a 19h15 e 21h10. Nesse caso, era imperativo responder a algumas perguntas cruciais:

1) Se foi antes de 20h40, como o corpo não foi visto pelos mergulhadores que tiram o sal das roupas na cuba? O último barco a chegar foi o de Fandi e os brasileiros, com os Stallman, deveriam ter se afastado do centro de mergulho entre 20h40 e 20h50. A única resposta lógica seria que o golpe fatal e, talvez, o afogamento ocorreram em outro lugar e o corpo foi transportado ao tanque e a roupa de Robert Stallman jogada em cima do cadáver nos críticos vinte minutos. Nesse caso, os chineses teriam que encomendar o serviço a alguém, visto que foram mergulhar quando o inglês ainda estava vivo. A quem? Os mergulhadores e outros empregados do Kungkungan Bay Resort poderiam ser descartados: seria um entendimento difícil e temerário. Eles não cometeriam essa imprudência. Algum chinês de Minahasa? Altamente improvável, Ratulangi já pensara nisso e fizera as verificações de praxe: controle da saída e entrada de pessoas na hospedaria, verificação das chamadas de fones celulares, consulta aos informantes da polícia junto à limitada comunidade chinesa local. Mais um fato não encaixava nessa hipótese: a ida de Shi e Wang ao apartamento do inglês. A razão mais óbvia seria para destruir o material do fotógrafo assim que souberam da notícia e isso foi frustrado pelas providências que o delegado tomara imediatamente, de isolar a área de mergulho e colocar um guarda na porta das dependências do Sr. Shand. Claro que, nesse caso, teria havido uma chantagem prévia.

2) Após as 21 horas. Só se Fandi, Maboang e Jeremie informaram um horário errado à polícia. Um assassinato feito pelos três? Possibilidade afastada no inquérito policial.

Hans Metlich opinou que, a seu ver, era pouco provável que os senhores Shi e Wang matassem o inglês. Razão para fazê-lo havia de sobra e é provável que pensaram em eliminá-lo. Se as fotos chegassem ao conhecimento do Politburo ou Ministério da capital chinesa era o fim da carreira deles e o provável início de nova vida em um campo de reeducação. Se de fato essas foram as intenções, uma intercorrência extraordinária tornara a ação desnecessária.

O delegado estava inclinado sobre a mesa e segurava a testa com as duas mãos. Falou em um tom pensativo, distante, como a si mesmo:

– Estou convencido de uma coisa: foram eles que pegaram a concha geográfica.

– Acredito em sua intuição, Bernard – observou Arok. – Porém, duvido que confessem. A concha já deve estar morta em algum lugar bem escondido.

– Também acho, mas a pergunta cabe nem que seja para constar no relatório.

INQUÉRITOS EM KUNGKUNGAN

No fim da tarde, o delegado voltou a Kungkungan e ouviu os chineses e os membros da família Hollnager. Não poderia haver contraste maior de comportamento. Wang e Shi estiveram absolutamente calmos, corteses e lacônicos: responderam estritamente o perguntado. Negaram pegar a concha venenosa. Confirmaram a extorsão de Thomas Shand e disseram que não sabiam da morte dele quando o guarda os deteve na porta.

– O que vocês foram fazer lá?

– Entender-nos com ele – foi a breve resposta.

– Se não houvesse acordo, entrar no apartamento e destruir as evidências. Não é?

Não, não tinham pensado nisso.

Os alemães foram verbosos, cooperativos e comentaram o que lhes vinha à cabeça e, verdade seja dita, Bernard Ratulangi só queria saber uma coisa: a movimentação dos chineses durante a permanência na pousada, sobretudo no horário crítico do crime. Nesse ponto, a concordância deles foi absoluta: os senhores Shu e Hong eram cavalheiros educados, discretos, jamais perturbaram seus vizinhos e estiveram com a família e Hans após o mergulho noturno. Não, não perceberam qualquer movimento extraordinário em torno do bangalô, apenas o retorno dos mergulhadores. Quais outras pessoas viram? Além dos chineses, eles não puderam identificar ninguém porque estava escuro e passavam ao largo do bangalô deles em direção ao outro lado da praia. Tampouco prestaram atenção, pois estiveram na varanda com Hans e os chineses tomando cerveja e uns aperitivos até 21 horas e pouco, quando foram ao restaurante.

Já passara das 20 horas quando Helmuth, o último a depor, despediu-se do delegado.

Arok abriu a porta assim que escutou as batidas. Sabia que o amigo passaria em casa logo que fechasse o relatório do dia. Sentaram-se e Mariah trouxe chá e uns bolinhos que preparara. Seu marido apreciava uísque, porém Bernard era abstêmio.

– Fechei o caso dos chineses e já os dispensei, Arok. Coloquei no relatório a história da chantagem da forma mais objetiva possível e guardei os equipamentos do sr. Shand no depósito da delegacia. Creio que apodrecerão aqui, salvo se a Inglaterra os solicitar. Jacarta certamente já arquivou o caso, mandando lembranças efusivas à sua mãe por consultar a Scotland Yard sobre a cremação.

O legista levantou a taça e admirou a cor âmbar do *darjeeling* antes do primeiro gole. Ofereceu um bolinho a Bernard:

– Especial para você. Você sabe que não me importo com o que pensam os manda-chuvas de lá.

– Delicioso, como sempre – murmurou após uma mordida. – Creio que o casal oriental escapará desta vez – acrescentou pensativo.

Embora nenhum dos dois mantivesse relacionamento social com *gays*, qualquer comentário adicional era dispensável: ambos eram da opinião de que a perseguição aos homossexuais pelo Politburo era uma farsa da propaganda comunista chinesa para pretender uma moralidade inexistente.

Fandi e Maboang estavam acocorados na tênue sombra apenas esboçada de um coqueiro pelo crescente lunar, suficientemente afastados para evitar a rara eventualidade dos frutos caírem em suas cabeças. Desde que um mergulhador alemão, apaixonado pela causa dos tubarões, lhes explicou que acidentes fatais com queda de cocos eram bem mais frequentes do que incidentes com tubarões, sempre tomavam essa precaução. Nunca ouviram falar de alguém levar um coco na cabeça, mas tinham notícias concretas de ataques por tubarão, embora raras e só envolvendo pescadores, contudo não custava ser precavido: o alemão excêntrico poderia ter razão.

– Maboang, acho que desta vez ficaremos livres do Jeremie.

–Você sabia que ele era ladrão?

– Sabia. Ele não é exatamente ladrão, apenas toma posse de objetos esquecidos por mergulhadores descuidados em vez de entregá-los à gerência. Jeremie é desonesto. O que me incomoda é sua arrogância e truculência.Veja como ele trata Boyet: como um pedaço de lixo.Vive falando mal dele para dona Emmy e, você sabe, o coitado do filipino não merece, é boa gente.

O piloto concordava com Fandi, a antipatia pelo chefe dos *dive masters* era quase unânime entre a equipe de mergulho da casa. Era um tipo que exibia sua importância sem pôr a mão na massa. Impunha-se com ameaças. Somente tratava com boas maneiras aos estrangeiros, a fim de garantir gorjetas e fingia submissão para conquistar a gerente e, assim, manter seu cargo. Maboang cuspiu no chão e acendeu seu cigarrinho.

SEGUNDA-FEIRA

NOSSO INQUÉRITO

O delegado Ratulangi interrompeu nosso café da manhã com cortesia profissional. Convidei-o a sentar, mas recusou e disse que gostaria de nos entrevistar durante a manhã. A ordem seria Ricardo, Mariana, eu e Alexandra. Pediu desculpas pela inconveniência provocada pela interrupção e perguntou se estávamos de acordo em começar às 9 horas. Nenhuma objeção, pois os ponteiros nem haviam alcançado oito horas. Com experiência em depoimentos em inquéritos, que não faltam na vida de um patologista, recomendei a todos calma, mesmo se houvesse provocações do inspetor, que respondessem apenas o perguntado, abstendo-se de comentários, sugestões ou contribuições de qualquer tipo e dissessem rigorosamente a verdade, principalmente para o grupo não entrar em contradição.

– Professor, nada temos a esconder.

– Certamente não, Mariana. Entretanto, fomos deixados entre os últimos porque, por alguma razão, desconfiam de nós. O que Jeremie e os outros indonésios contaram à polícia? Não sabemos. Todo cuidado é pouco. Se tudo correr bem, amanhã iremos a Cingapura.

– Tenho vontade de torcer o pescoço desse Bernard não sei das quantas!

– Só falta isso, Alexandra – Ricardo fez um esgar irônico divertido. – Matar o inglês não foi suficiente?

– Você está doido! Gente, eu vou à piscina.

A conversa de Ricardo com o delegado foi longa. Primeiramente, queria saber o relacionamento de todos os brasileiros com Thomas Shand. O que ele podia dizer? Viu o fotógrafo com sua mulher algumas vezes no laboratório. Nunca tiveram uma conversa mais longa sequer. Não, não tinha nenhuma queixa pessoal sobre a conduta do inglês. Que ele soubesse, o relacionamento do professor com o Sr. Shand não passou da troca de poucas palavras. Quem melhor se entendeu com ele foi Alexandra, que teve problemas com seu equipamento e se beneficiou dos conhecimentos profissionais dele. Ratulangi inquiriu se Tom tinha algum problema com Alexandra e Ricardo limitou-se a responder que isso deveria perguntar a ela. Os pormenores do último mergulho noturno até a janta foram cuidadosamente repassados. Ricardo ficou na defensiva, resumiu a rápida passagem pelo centro de mergulho, a ida até o bangalô, passando pelo meu e a visita de Mariana à Gré, enquanto tomava banho e se preparado para a janta. Quanto aos horários, sugeriu que os *dive masters* Fandi e Jeremie talvez pudessem oferecer dados mais precisos do que ele. Notou algo de estranho no centro de mergulho? Não, nada. Tinha certeza do cadáver não estar no tanque? Positivamente, não.

– O senhor viu o professor no seu apartamento?

– Não vi. Acho que estava no banheiro porque vi seu *laptop* aberto com a tela acesa na mesa da antessala.

– A que horas sua mulher voltou da visita à paciente?

– Um pouco antes das 21 horas, o horário exato não sei.

Ratulangi encerrou o inquérito solicitando informações sobre o atendimento que fizera a Virgínia Scatamachia. Tomou notas sobre tudo que ele tinha a dizer sobre o caso.

Com Mariana o delegado foi pela mesma linha, porém mais sucinto e ela informava com maior precisão os horários do que o marido. O barco saiu aproximadamente às 19h30 e foi para um lugar próximo. A volta se atrasou por falha do motor e ela se recordava de ter deixado por último o centro de mergulho, com o marido, às 20h45. Ela respondeu mais poucas perguntas, incluindo o que sabia da mergulhadora italiana, e foi dispensada.

O delegado conferiu as informações dela com as do marido e do *dive master*: bem concordantes. O retorno planejado para 20h20 deu-se um pouquinho antes das 20h40 e todos se retiraram rapidamente, de acordo com as informações de Fandi. Ratulangi registrou que a médica viu a holandesa entre 20h50 e 21 horas, horário que Mariana não soube precisar. O casal juntou-se aos outros brasileiros para jantar às 20h10, porque a depoente consultou o relógio. Não, a dra. Mariana não viu o professor antes de se juntarem na varanda para ir ao restaurante. Nenhuma discrepância sobre a descerebração da genovesa.

A conversa com Bernard Ratulangi foi curiosa. Ficou registrada minha presença no bangalô de Gré e Helen desde as 16 até as 20 horas, aproximadamente. E depois? Depois fui ao bangalô para terminar uma carta-circular a amigos. Quais amigos e que carta? Mencionei minhas amigas Betty, Neide, Cidinha e um grupo de colegas da faculdade. O teor da carta era sobre a estadia em Manado e os primeiros dias em Lembeh. Perguntou se poderia ver a carta. Saí e trouxe o *laptop* e mostrei as páginas escritas. Ratulangi pegou o computador, passou os olhos pela carta. Creio que só podia ler alguns nomes de lugares, assim como entender umas poucas palavras e nada mais. Verificou a data e hora da última modificação e abriu seu computador. Seu silêncio e lábios apertados me diziam que estava concentrado. Como o horário era do Brasil, procurou no seu *laptop* os fusos horários e consultou o relógio. Depois de vários minutos escreveu algo em seu computador e também nas anotações. Devolveu-me o *laptop* e perguntou:

– Professor, o senhor conhecia Thomas Shand antes de encontrá-lo aqui?

– Sim – e relatei que estava fazendo meu pós-doutoramento no Departamento de Patologia do hospital São Bartolomeu de Londres, na época em que ele foi preso por vender órgãos de cadáveres. Tom estava cursando a Faculdade de Medicina e foi um evento bem ruidoso.

– E depois, teve notícias dele?

– Nunca mais.

Alexandra mal se continha perante o inspetor. Estava incomodada com o caso, não engolira o cancelamento de Raja Ampat e no recesso de seus sentimentos o culpado de tudo era esse idiota de Bernard "não sei das quantas". As primeiras palavras do delegado a desequilibraram completamente: perguntou se usava drogas, mais especificamente LSD. Negou com raiva.

– Neste momento, seus pertences estão sendo examinados por cães treinados para farejar drogas, inclusive o LSD, que está fora de moda.

– Pois fique sabendo que, se forem competentes, nada encontrarão! Salvo se você ou seus agentes estiverem aprontando uma!

Ratulangi dirigiu-se a ela imperturbável, como se estivessem num salão de chá e perguntou a que horas deixara o centro de mergulho e a que horas se encontrara comigo e o casal brasileiro.

– Às 20h43, 21 horas e 21h05 – metralhou.

O delegado fez anotações; sabia que eram dados inspirados por sentimentos negativos do momento e não pela cronologia exata do tempo. Perguntou sua opinião sobre o comportamento do fotógrafo. Ela foi sucinta; ressaltou a boa disposição de Tom em ajudá-la nos problemas com seu equipamento e acrescentou que parecia uma pessoa viciada em drogas. Bernard Ratulangi agradeceu a colaboração. Alexandra saiu e fechou a porta com estrondo.

DESPEDIDA DE KUNGKUNGAN

Durante o almoço tivemos de tranquilizar uma Alexandra enfurecida. Pois sim, esses caras acham que ela é drogada! Só faltava essa! Ela tomou três doses de *bloody-Mary* antes de tocar na comida. Ricardo deu vazão a seu humor peculiar consolando-a que infelizmente ela não era o centro exclusivo das atenções: todos os pertences foram farejados. No portão da hospedaria, a vistoria era completa de todas as pessoas que deixavam Kungkungan e suas malas. Mariana lembrou à amiga que tudo isso é um procedimento de rotina em vários países nessa região do globo só que, desta vez, a investigação foi conduzida com atenção total. Como se Alexandra não soubesse!

– Pois fui eu que dei a pista da localização da droga a esses imbecis!

Só restou a esperança de um descanso após o almoço para restaurar seu equilíbrio habitual.

Na hora da sobremesa chegou Arok e sentou-se conosco. Pediu água mineral e nós arredondamos o almoço com cafezinho para todos.

– Pelo jeito, o caso será arquivado – começou o legista.

Contou-nos que as autoridades inglesas mandaram um documento concordando com a cremação e Jacarta ordenou que se fizesse isso imediatamente. Também enviaram um fax assinado pelo general que respondia pelo Ministério da Segurança, determinando que o delegado fechasse as investigações e mandasse um relatório final com o criminoso ou dando o caso por não esclarecido. Já, para ontem! Em outras palavras, ataram-lhe as mãos negando o tempo necessário para esclarecer o crime e obrigando-o assinar um atestado de incompetência. O legista também nos disse que o objeto com que a base do crânio de Thomas Shand foi golpeada quase certamente foi um chumbo de um a três quilos, dos quais havia um monte no centro de mergulho, envoltos por neoprene ou outro material parecido. As buscas feitas durante toda a noite de sexta e boa parte de sábado foram infrutíferas.

– Há tantos pesos à disposição dos mergulhadores para que usem como lastro e tanto neoprene por aqui que precisaríamos pelo menos uma semana para examinar tudo e não podemos reter os hóspedes por tempo tão longo. Depois, o passado do morto o condena aqui, em Cingapura e na Inglaterra. Todos estão felizes em se livrar dele. Essa é a vantagem do criminoso. O assassino deve conhecer seu ofício e escolheu o local certo. Tenho pena de Bernard. É uma pessoa correta e competente, sobretudo um homem bom – e ele encerrou seu comentário olhando para Alexandra.

Para mudar de tema, intervim:

– Arok, todos por aqui sabem que Jeremie foi preso por ter matado Álit. Os *dive masters* não falam de outra coisa.

– Ele foi preso esta manhã. Um homem violento, sem amigos. Os indonésios da hospedaria detestavam-no. Tenho pena da família dele, sobretudo da filha, grávida de Álit.

Deu-se um silêncio incômodo que eu precisava quebrar.

– Conseguiu os resultados toxicológicos do material colhido de Virgínia Scatamachia? – perguntei.

– Sim. Telefonaram-me hoje pela manhã. Nada esclarecedor. Bernard Ratulangi deverá liberar o corpo que deixei embalsamado para a viagem. Giovanna e Rosália retornarão com o caixão amanhã à Itália. Nós vamos dar o caso encerrado como afogamento acidental. Como foi esse acidente só Deus sabe, a não ser que haja alguma doença conhecida pela família que traga alguma luz sobre as circunstâncias. Isso fica para Gênova.

Gostei de Arok Intan. Sem dúvida, honra sua universidade com sua competência e retidão. Mais que isso: é uma pessoa em paz consigo mesma e sabe criar em torno de si alegria, amizade e amor. Despedimo-nos calorosamente.

Um funcionário do governo entregou-nos no fim da tarde um envelope com um crédito equivalente ao que tínhamos depositado a favor do Sorido Bay Resort em Raja Ampat, incluindo as passagens. Trouxe-nos também os bilhetes aéreos de Manado a Cingapura. Partiríamos no dia seguinte pela manhã, com a perspectiva de registrar-nos no hotel Fullerton lá pelas seis da tarde.

Essa maravilha foi descolada graças à arte e engenho de Ricardo, que conseguiu liberar com a gerente o celular para fazer os contatos necessários. Daí para frente sem problemas: hotéis são com ele mesmo. Ricardo gosta de hotéis como outras pessoas têm paixão por catedrais ou museus. Fuça na internet até conseguir os pormenores e possui o dom de acertar na mosca: dentro da categoria alta, o melhor custo/benefício. Por que não o Raffles, perguntei? Ora, porque o vetusto casarão colonial britânico foi recentemente reformado e é uma restauração mal feita, não engana ninguém e tampouco vale o preço. Informações que só ele tem a paciência de buscar!

TERÇA-FEIRA

CINGAPURA

Como previsto, descemos no aeroporto de Changai ao entardecer. Passamos pela imigração sem contratempo e rapidamente estávamos em dois táxis em direção ao centro. A trajetória é um deleite, a rodovia impecável corre no meio de bem cuidados jardins até a periferia da cidade. Passamos pelo complexo teatral conhecido como "Durian" – não pelo cheiro, mas pela cobertura que lembra a casca da fruta-chulé, primo-irmão da jaca – e chegamos à beira do mar. Por toda parte o olhar repousa em canteiros de relva cuidadosamente penteados e iluminados por centenas de lamparinas vermelhas chinesas, dispostas como cachos de uva pendentes de parreiral[39]. Da ponte que abraça o rio, abre-se uma vista belíssima, uma pintura.

No fundo, à esquerda, o horizonte é recortado pela silhueta de imensos edifícios iluminados por incontáveis luzes que piscam de suas janelas sem cessar. Em frente, o rio se

39 Foto 24.

mistura ao mar e o vaivém das pequenas lanchas com turistas humaniza a atividade ameaçadora dos gigantescos guindastes do porto vistos do outro lado. À direita há outro paredão de edifícios, porém menos iluminados, e, na frente, o hotel Fullerton exibe formas neoclássicas banhadas por holofotes. Mais embaixo está de guarda o Leão-Sereia, com seu filhote travesso que dá as costas ao pai. É uma pena que com o agigantamento da cidade esse ícone, símbolo de Cingapura, perdeu imponência e ficou insignificante no paredão de edifícios de aço e vidro que lhe servem de moldura[40].

Confortavelmente instalados em magníficos apartamentos, telefonamos um ao outro para combinar o jantar. Após as refeições do Kungkungan Bay Resort queríamos comer bem. Em frente ao hotel, próximo ao Leão-Sereia, há um antigo e consagrado restaurante que aguarda sua freguesia desde 1956. Infelizmente, o nome é Palm Beach: menos apropriado é impossível,

Pedimos peixe à moda e a especialidade da casa: o *spiced crab*. Elegemos como companhia um *chardonnay* trazido por uma garçonete que parecia levitar. Quase quebrou os dedos devido ao esforço de retirar a rolha. Passada a apreensão, com as mãos íntegras ela trouxe os pratos solicitados. O peixinho estava sepultado sob os vegetais disfarçados pelo gengibre, mas, de resto, tinha um aspecto normal e foi degustado com prazer. O caranguejo já é outra coisa!

Chegou triunfante em um prato imenso, nadando em um molho que tinha o colorido sugestivo do desarranjo de uma criança que tivesse tomado excesso de chocolate.

---

40 Foto 25.

Alicate e tenazes apropriados para caranguejos e lagostas não acompanhavam a obra-prima do restaurante. Fizemos uma tentativa com as mãos, sem sucesso. Chamei a delicada moça e perguntei se tinham os apetrechos de costume. Voltou com um quebra-nozes mixuruca que não daria nem para a abertura do balé de Tchaikovsky.

Em pouco tempo estávamos irremediavelmente lambuzados até os cotovelos e minha barba pingava o molho suspeito no babador que, felizmente, fora providenciado. Depois da operação, limpar os dedos tampouco é trivial. As toalhas estão acondicionadas em saquinhos plásticos que desafiam os dedos gordurosos. Bem, nada a fazer, abre-se com os dentes. O limãozinho nas tigelas de água foi providencial para dar um aroma familiar às mãos, todavia as toalhinhas usadas trouxeram a nostalgia das enfermarias de pediatria. O fato é que o jantar foi divertido, rimos muito e camas bem confortáveis aguardavam nossos corpos cansados; depois do banho purificador, é claro.

As luzes de Cingapura apagaram-se uma a uma. Milhares de olhinhos fecharam as pálpebras e a cidade puxou a coberta da noite para dormir. Uma janela do hotel Fullerton permanecia iluminada por horas, perfurando a madrugada.

Alexandra estava atenta estudando seu *log-book*. Fazia anotações e mais anotações no computador e as ordenava. Transpunha informações de um lugar a outro numa conversa muda consigo mesma. Depois reorganizava tudo. Sua atenção era interrompida por telefonemas frequentes. Olhou o relógio: felizmente, o fuso horário com Londres era de sete horas.

QUARTA-FEIRA

PREPARATIVOS PARA VOLTAR AO BRASIL

O café da manhã do Fullerton é um deslumbre. O ponto alto é a variedade de pães, entretanto pouco aproveitada. Há algum tempo abdiquei do prazer das crostas crocantes e cheirosas recém-saídas dos fornos para diminuir meu peso. Assim, concentrei-me na cornucópia de frutas e complementei minha seleção com tomates e fungos grelhados. Só ao pedir chá verde é que notei que Alexandra apresentava olheiras profundas. Fiquei quieto: sinais de noites mal-dormidas das mulheres a gente sempre deve fazer de conta que nem percebe.

O tema principal à mesa eram as providências imediatas que tínhamos de tomar para modificar nossas passagens aéreas, pois as datas da volta eram muito mais tardias. Cada um chegou à Indonésia por uma rota diferente: Ricardo e Mariana saíram do Brasil com a American Airlines e chegaram via Nova York, Alexandra passou por Londres e optou pela British, e eu utilizei a KLM via Amsterdã. Como na melhor das hipóteses sairíamos à noite, combinamos voltar ao hotel para o almoço ou, como plano B, para um chá das cinco.

A linda funcionária do escritório da KLM recebeu-me com sorriso profissional, deixando-me bem disposto. Expliquei a situação e mostrei minha passagem. Com amabilidade, levantou-se da poltrona e desapareceu por uma porta nos fundos da sala. Não demorou a voltar com uma pessoa que se identificou como gerente da loja. Tomou o lugar da atendente e passei a ter um tratamento VIP. Não tive problema algum em alterar a passagem para as 22h45. Certamente, algum ofício do Ministério de Segurança da Indonésia e, quem sabe, reforço das autoridades locais facilitaram tudo.

Voltei ao hotel a pé. Necessitava caminhar como se fosse água fresca para quem tem sede. Pensei na vida; em breve completaria 71 anos. A aposentadoria compulsória da universidade realmente não foi um drama, estava bem preparado para a última fase da existência. Desde cedo cresci com curiosidades e procurei entender o mundo que me cercava. Meus interesses e inquietudes passaram além da profissão médica e das atividades acadêmicas, e durante as quase cinco décadas em que fui professor não foram satisfeitos. Queria conhecer mais o mundo. Ansiava por ler muitas obras cobiçadas por anos e postergadas por falta de tempo, assim como mergulhar na literatura contemporânea. Desejava escutar música em salas de concerto, ver óperas nos grandes teatros e até escrever um pouquinho. Nos primeiros meses tudo fluiu bem e me sentia realizado. Agora tinha que acontecer essa chateação em Kungkungan.

Olhei para o céu distante, enchi os pulmões com o denso ar tropical e expeli-o com um suspiro. Uma viscosa insegurança tomou conta de mim. Mistura de autocomiseração e velhice? Bem provável, já não suportava as dificuldades e contratempos como antigamente. Apertei o passo e aos pouquinhos a crise foi cedendo. Ao cruzar a ponte, senti-me novamente confiante, vendo o cartão postal de Cingapura com o leão-sereia voltado para o mar e os arranha-céus com o hotel neoclássico em primeiro plano mais à direita.

Na recepção do hotel recebi dois bilhetes: um do Ricardo avisando que estava tudo em ordem e partiriam às 23h30. Decidiram visitar o Jurong Bird Park e não chegariam para o almoço. Boa ideia, porque esse parque é provavelmente o melhor do mundo para ver pássaros. Já o conhecia de outra visita, graças a um congresso de patologia. O outro bilhete era de Alexandra: "Tudo ok. Encontro vocês no chá das cinco". Fiquei feliz por todos resolverem as transferências. Certamente tiveram tratamento semelhante ao que recebi na KLM. Decidi subir ao quarto para cochilar um pouco.

O saguão do hotel é uma obra-prima de arquitetura adaptativa. Assim como a belíssima sala de concertos de São Paulo nasceu da transformação de uma estação ferroviária, Fullerton Hotel é fruto da metamorfose do antigo prédio dos correios da cidade. Por fora é um neoclássico convencional feito de granito de Aberdeen, porém o interior foi renovado com vigas de concreto e coberturas de vidro que lhe dão, ao mesmo tempo, grandeza, elegância e intimidade. Sua decoração é um convite à natureza: flores em profusão, arbustos e até palmeiras[41]. Encontramo-nos na hora com-

41 Foto 26.

binada. Escolhemos um cantinho confortável e cada qual pediu sua bebida preferida. Eu, um chá branco da província de Fujian; Mariana acompanhou-me. Ricardo solicitou seu veneno escocês de sempre e, para nossa surpresa, Alexandra ordenou um *bloody-Mary*. Olhei-a furtivamente: pareceu-me que mal conseguia controlar suas emoções. A conversa começou a girar sobre aves e pássaros, as maravilhas vistas pelo casal de amigos, quando ela interrompeu como se estivesse o tempo todo ausente:

– Alguém tem ideia de quem matou Tom?

Por um instante houve um daqueles silêncios absolutos, próprios de momentos imprevistos.

– Por acaso foi você? – perguntou Ricardo. O tom galhofeiro de costume tinha uma pitada de espanto.

– Até podia ser. Mas, então, explique como foi o crime. O porquê nem precisa mencionar – e Alexandra sorriu com uma estranha satisfação. – Que tal desvendar esse mistério nesta tarde que nos resta, assim de brincadeira?

CHÁ NO HOTEL FULLERTON

Achei a proposta fora de propósito, aborrecida até, mas já que Alexandra queria, o que fazer? Ricardo se divertia com os arroubos dela e sua mulher não se oporia, era de poucas objeções. Faltavam poucas horas para nossa separação e o assunto serviria para passar o tempo.

– Bem, talvez conviesse iniciar com os motivos – comecei.

– Nesse caso, você é a primeira, Alexandra – falou Ricardo. – Depois temos os chineses, a Helen, os Stallman e Angelique.

– Concordo. Porém, você há de convir que tenho um álibi forte. Em primeiro lugar, você mesmo. A morte de Tom foi durante o nosso mergulho.

– Você está errada – animou-se Mariana. – Se quiser bancar detetive, precisa ser rigorosa com os horários. Tom foi assassinado no período que começa com o último momento em que foi visto e minutos antes de ser encontrado por Fandi no fundo da tina.

– E quando foi visto pela última vez?

– Que eu saiba, professor, pela própria Alexandra, cinco ou dez minutos antes de partirmos com o barco.

De fato, não tínhamos informação que desmentisse o prognóstico de Mariana.

Apareceu uma garçonete para saber se desejávamos algo. Eu solicitei mais uma taça de chá. Alexandra não deixou a peteca cair:

– Que seja. Assim mesmo estou excluída do crime, matá-lo no laboratório e ir mergulhar tranquilamente seria um absurdo, não seria? A outra possibilidade é cometer o crime com a conivência de vocês. E isso vale para Bob e Katty, que estiveram conosco o tempo todo. De acordo?

Evidentemente estávamos de acordo. Repassamos o caso da Angelique, com o furto das fotos em Yap. Ricardo lembrou a possibilidade de Paul, o namorado de Angelique, fazer uma loucura sob o impulso de uma paixão desvairada com ou sem a colaboração dos colegas. Procurei trazê-lo de volta ao bom senso.

– Não perca seu tempo, professor. Ele só está se divertindo, entrando no espírito de Alexandra. Podemos excluir o grupo da Sorbonne e passar à Helen Willoughby.

– Aí temos um caso mais sério, difícil de excluir. Claro que precisamos da cumplicidade de Gré Houlden.

– Por que, Alexandra?

Ela refletiu um instante:

– Pelo menos para silenciar do seu afastamento do quarto, Ricardo. Depois, as duas são amicíssimas demais para que uma não perceba que a outra perpetrou uma ação dessa gravidade.

Essa lógica foi afastada na discussão que se seguiu. Entretanto, a intuição de todos absolvia Helen. Que ela tinha motivos para odiar e desejar a morte do ex-marido? Sem dúvida. Se tinha de fato esses desejos? Não parecia. Ainda mais: além de vingança, nada mais poderia ganhar, pois ele liquidou a firma Willoughby e estava completamente arruinado. Dessa forma só deixava a um herdeiro legítimo dívidas para pagar.

– Acho que vocês esquecem uma coisa – disse eu. – Helen não estava em condições de matar ninguém e possui um álibi a toda prova: eu.

– É – murmurou Alexandra entortando a boca como quem fez um equívoco.

Sobraram Wang e Shi. Os principais suspeitos de todo mundo. Certamente, eles queriam a morte do fotógrafo. Queriam, não, precisavam, por uma questão se sobrevivência! O que teria ajudado a ceder à extorsão dele? Nada além de dinheiro e seriam reféns pelo resto da existência! Não havia dúvida de que estavam à caça dele com a concha mortal. Alexandra tinha certeza de que foram eles que retiraram o *acantis* com a finalidade de matar o inglês. O que os absolve, porém, é o depoimento da família Hollnager e mais: o emissário da embaixada suíça Hans Metlich. Gertrud viu os chineses saírem do barco e se dirigirem ao bangalô. A família convidou-os a tomar uns drinques antes do jantar e eles estiveram presentes. História convincente, porém com falhas. A nossa clínica observou:

– A rigor, eles poderiam ter cometido o crime no curto período que passaram no apartamento se trocando. O laboratório fotográfico fica ao lado e eles poderiam sair e voltar despercebidos pela família Hollnager.

– Puxa! Devem ser mágicos! – Ricardo deu uma gargalhada gostosa.

– Que seja. Meu amor, o assassino, seja quem for, não foi visto pelos Hollnager e nem pelo Hans. Deve ter feito o truque da invisibilidade – retorquiu Mariana, que tomou o gosto pelo jogo, como diante de um caso clínico difícil.

Comentamos também a possibilidade de terem encomendado o crime, alugando profissionais. Essa hipótese não podia ser excluída, embora a probabilidade fosse pequena. Trazer da China um assassino por telefone pareceu-nos complicado e, ademais, seria descoberto pela polícia, que verificou chamadas telefônicas e a entrada de pessoas no país. Um pistoleiro de aluguel local? Impossível não era, mas também pouco provável.

– Claro que nesse caso a dupla não pegou a concha geográfica ou, para manter os rigores da lógica em homenagem à Mariana, assim que o contrato foi acordado com o matador de aluguel, já não era necessário caçar o fotógrafo com ela – intervim para dizer algo.

– É mesmo! E se Tom soubesse disso não precisaria fugir do mergulho noturno e estaria vivo até hoje! – essa pérola de raciocínio saiu junto com uma risada da boca de Ricardo. – Gente, vamos pedir algo para comer. Já são 18h15 e daqui a pouco teremos que preparar a saída do hotel. Só você vai amanhã, Alexandra.

– Pois é. Você tocou num ponto importante: as fugas em Kungkungan – falou ela com seriedade.

– As fugas?

– As fugas. As fugas, rejeições ou afastamentos como queira chamar. Isso chamou minha atenção ontem à noite quando estava passando a limpo as anotações sobre os mergulhos. Angelique não queria ficar junto com o Tom por causa das mantas. Bob e Katty rejeitaram-no pela grosseria que fez na visita à ostra elétrica. Helen nem podia vê-lo por todas as razões deste mundo. Por sua vez, Tom fugia dos chineses, desconfiando que quisessem eliminá-lo com a concha. E há mais uma fuga constante e evidente.

A garçonete apareceu e fizemos os pedidos de sanduíches e bebidas. Logo mais iríamos ao aeroporto e, após despachar as malas, haveria tempo suficiente para forrar o estômago com algo mais substancial antes do jantar servido no avião.

AS CONCLUSÕES DE ALEXANDRA

– Há mais uma fuga constante e evidente – repetiu ela, assim que a garçonete se afastou.

– De quem?

– Do professor de Tom, Ricardo.

– Alexandra, você não está levando essa brincadeira longe demais? – a voz de Mariana soou como se fizesse uma reprimenda.

– Não. Ontem à noite, ao rever minhas anotações no *log-book*, de repente me deu um lampejo e aos poucos todas as peças se encaixaram. O senhor sempre disse que não conhece nada mais gentil do que a verdade, não é?

– Sim, acho a verdade mais delicada do que a mentira, por menor que seja.

– Pois bem, então posso falar. Desde que o Tom chegou, o senhor fez tudo para evitá-lo. Quando o convidei pela primeira vez para um drinque pós-jantar, retirou-se alegando uma dor de cabeça e no dia seguinte, sem nos avisar nada, fez a excursão com Angelique. A francesinha foi um ótimo pretexto, justificava sua ausência de modo magistral, no entanto creio que a intenção era evitar o inglês. O Ricardo contou-nos que em Ribeirão Preto não usava barba e é óbvio que era mais jovem, diferente de hoje, contudo poderia ser reconhecido e decidiu diminuir as chances ao máximo. Por alguma razão sua esquiva não deu certo e Tom o reconheceu; talvez pela voz e pelo sotaque peculiar nas conversas no centro de mergulho. Isso eu não sei e ninguém nunca saberá porque o único que poderia esclarecer a dúvida está morto. O que eu tenho certeza é que quando me perguntou onde o senhor estagiou em Londres, ele estava querendo confirmar uma suspeita.

– Não estou gostando dessa conversa, Alexandra. Vamos parar por aqui.

– Mariana, passei uma noite em agonia. Não há como engolir e sepultar as minhas deduções e se há alguém a quem devo revelá-las é ao próprio professor.

– Agradeço a delicadeza. Continue, madame Sherlock.

Ela ignorou minha piadinha infame e retomou o fio da meada.

– Ocorre que lhe contei a curiosidade de Tom sobre o hospital londrino logo depois do anúncio do desaparecimento da concha geográfica pela gerente. Ora, duas pessoas desconfiaram que essa arma mortal seria usada contra eles: o senhor e o Tom.

– Como assim?

– Uai, sabemos que ele extorquia os chineses com a documentação de relações sexuais, não? A revelação da condição de gay no Politburo chinês arruinaria fatalmente as vidas deles. Daí que Tom, assim que soube da concha, não mergulhou mais com os chineses e estes não tiveram oportunidade de usá-la, fingindo um acidente. Tom chegou até a se juntar a nós no segundo mergulho da tarde, interpretado como uma manobra grotesca de entusiasmo por mim, quando, na realidade, foi uma fuga desesperada. Mas o senhor nada sabia até esse momento sobre a chantagem e deduziu que a conotoxina seria um presente do Tom para si. Aí partiu para a ação.

– Alexandra, você endoidou. O professor estava cuidando da Gré, enquanto o fotógrafo foi afogado. Não quero mais ouvir essa história maluca – a voz de Mariana dessa vez soou resoluta.

– Você está sugerindo que o professor matou Tom?

Alexandra nem parece ter notado a chegada dos sanduíches e das bebidas e respondeu a Ricardo ainda mais segura:

– Sim.

A reação do casal foi simultânea. Que bobagem! Eu não estava junto à Gré? Não tinha saído em torno das 20 horas? O álibi de Helen também se aplicava a mim. Mastiguei calmamente meu sanduíche de caranguejo com salada à moda Fullerton.

– Quem disse que saiu do bangalô às 20 horas ao delegado foi Gré, informação que obteve do próprio professor. Penso que ele saiu antes, passou sem ser visto pelo bangalô grande e viu as luzes do laboratório acesas. Deduziu a presença de Tom, passou no centro de mergulho, sem uma viva alma, já que os barcos estavam ainda fora e Jeremie sempre vai à administração tão logo despacha os mergulhadores. Provavelmente, calçou as luvas e agarrou seu SpareAir, que tem uma boa pegada. O pequeno cilindro pesa mais de quilo e é protegido pela bainha de lona, satisfazendo os achados relatados pelo doutor Arok.

– Puxa, Alexandra, nessa versão o professor é muito sortudo. Até parece que Tom vai oferecer a nuca para bater!

– A vida não é certeza, apenas probabilidade. Não é uma das frases favoritas do professor, Ricardo?

Mariana mordeu os lábios, enquanto, Alexandra prosseguiu imperturbável:

– Os detalhes do golpe só uma pessoa conhece, só posso dizer o que imagino ter acontecido. Imagino que o professor apostou em probabilidades e teve sorte porque foram a seu favor – ela tomou um gole do drinque e prosseguiu:

– Após o desfalecimento da vítima, o senhor apagou as luzes do laboratório e o arrastou para o banheiro ao lado. Trancou-se lá dentro e afogou Tom no balde que serve de descarga ao vaso, talvez com o auxílio da iluminação discreta de uma lanterna – ela olhou para mim como se indagasse algo. Continuei interessado no sanduíche, delicioso, e nada respondi.

– A turma não costuma subir ao banheirinho depois dos mergulhos noturnos, às escuras e, depois, Ricardo que o diga, ninguém gosta de usar aquela droga com a descarga fora de uso. Mesmo nessa eventualidade, não é de estranhar que a porta esteja cerrada àquelas horas. No entanto, não creio que correu esse risco por longo tempo. Depois de afogado, imagino que levou o cadáver para trás da casinha. Se, por um acaso remoto, alguém passasse por lá, depararia somente com o defunto – Alexandra fez uma pausa para o suco de abacaxi com hortelã. Já não necessitava mais de *bloody-Mary*.

– Aí o senhor só teve que aguardar que fôssemos embora para descer com o cadáver por trás do centro, praticamente inobservável. Entrou no recinto e protegido pelo paredão de roupas podia calmamente observar se o terreno estava livre para jogar o corpo ao mar. Essa deve ter sido a intenção inicial, pois cadáver em tina não faz sentido. Na sua caminhada pelo pontilhão de madeira em algum momento descobriu a presença de gente no barco ancorado na ponta do trapiche, invisível do centro, porque a maré estava baixa. Deve ter retrocedido. Andar com o Tom nas costas por aí não lhe convinha de jeito nenhum: primeiro, poderia ser descoberto e, segundo, mais importante, não havia tempo, precisava voltar ao bangalô para não destruir o álibi, cuidadosamente preparado para a eventualidade de eliminar o inglês. Foi então que recorreu à cuba onde deslizou o cadáver, protegido pela escuridão. Primeiro, fiquei perplexa pela presença da roupa de Bob cobrindo o corpo, depois imaginei que o senhor deve ter escutado vozes ou visto luzes de lanterna ou ambas as coisas sem saber o que ocorria, quem estava lá. Decidiu, então, passar a mão na primeira *wet*, por acaso do Bob, para que um transeunte fortuito não visse o cadáver. Em outras palavras, procurou retardar a descoberta até o dia seguinte. Infelizmente, era Fandi que, ao tomar banho, viu o cadáver. Minutos depois de nós voltou ao apartamento, onde o aguardava o *laptop* aberto, previamente programado para não apagar a tela quando ligado na força. Assim, deu a impressão que estava no apartamento. Tempo para preparar um álibi no computador, se por acaso fosse examinado, assim como para a cuidadosa lavagem do SpareAir e das luvas, não lhe faltou.

Um silêncio viscoso desceu sobre o cantinho que ocupávamos. As bebidas já tinham acabado e cada um descansava a vista em algum lugar remoto.

– E por que mataria alguém que já estava condenado à morte pelas leis de dois países?

– Por quê? Esse enigma foi difícil de solucionar mas, felizmente, tive sorte. Professor, o senhor não sabia que o Tom estava à mercê das leis da Indonésia. A situação de drogado e o crime no aeroporto só foram revelados depois que o matou. O motivo do assassinato deixou-me sem dormir. Telefonei ao meu namorado, Roberto, que está em Londres e trabalha para a agência de notícias Reuters, ontem à noite para que desse uma olhada nos noticiários e investigasse as páginas criminais sobre a venda de peças de cadáveres que levou Tom à prisão. Como vocês sabem, o fuso horário entre Cingapura e Londres favorece a pesquisa e a posição profissional de Roberto ainda mais. Vejam o fax que recebi pela manhã.

Alexandra estendeu o fac-símile de uma página do *Guardian* de 18 de abril de 1965. Na matéria ficava claro que fui peça chave na denúncia do estudante de medicina Thomas Shand por furtar peças da sala de autópsia do St. Bartholomew's Hospital. Também havia uma foto dele gritando ao ser levado pela polícia. A legenda da foto mencionava: *I shall kill you bastard! I swear that one day I'll kill you!*[42]. Embora não esclarecido na reportagem, nas circunstâncias, os presentes inferiram que esse juramento de vingança se referia a mim.

42 Eu vou matá-lo bastardo! Juro que um dia vou matá-lo!

– Bem, nesse caso foi legítima defesa – ponderou Mariana. – Não foi, professor?

– Tom deve tê-lo atacado primeiro. Não é? – Ricardo levantou as sobrancelhas e encarou-me cautelosamente.

Encarei-os tranquilamente:

– Essas conjecturas, se vocês acreditam que matei Thomas Shand, podem acrescentá-las às que Alexandra acaba de expor – e nada mais disse.

REFLEXÕES NO VOO DE RETORNO

Minha têmpora estava encostada na fria janelinha do Boeing 777 da KLM. Precisava de um radiador para meus pensamentos tumultuados. Conseguia recordar cada passo da admirável dedução de Alexandra, praticamente certa em todos os pormenores. Não podia apagar da mente a angústia de Ricardo e Mariana, despedindo-se do professor que admiravam e gostavam, mas sem explicação para os fatos que o apontavam como assassino, pois não desmenti e nem confirmei a suspeita. Sabia que meu mutismo enchia-os de tristeza e nosso relacionamento nunca mais seria o mesmo. Por outro lado, estava seguro de jamais ser condenado: todo questionamento cairia no vazio por falta de provas.

Sentia-me perante um tribunal e todas as personagens, desde o juiz até o último jurado, tinham a mesma cara: a minha. Um homem ameaçado por um facínora num ambiente hostil pode se defender até que ponto? Até onde vai nossa crença na segurança e justiça oferecidas pela sociedade? Existem seres admiráveis que se recuperam dos poços mais profundos da degradação e outros que, apesar dos instrumentos de correção da sociedade, continuam praticando maldades incompatíveis com a condição humana, são bestas-feras inescrupulosos e irrecuperáveis, que o sistema não coíbe.

Não acredito em justiceiros, geralmente nada mais são do que malfeitores que invocam injustiças para encobrir seus próprios crimes. Porém, como é que devem ser catalogadas pessoas enredadas pelo destino em uma tragédia e pressionadas por condições extraordinárias a preservar suas vidas? Há situações em que é perdoável perder a cabeça e matar? As tragédias, as condições e as pessoas envolvidas são variáveis que impõem um leque enorme de sentenças. Cada um decide segundo suas vivências, suas ideias e seu coração.

O que ocorreu comigo já estava escrito ou foi uma opção totalmente minha?

Perguntas e mais perguntas me assaltavam. Estava confiante de que a experiência de vida e o conhecimento de mim mesmo que cultivei desde a adolescência responderiam a todas elas, entretanto agora sentia-me fatigado ao extremo.

Antes de fechar as pálpebras, olhei para o céu estrelado como tantas vezes fizera. Gesto de reafirmação muda de quem não tem medo de viver.

TERMOS INGLESES ROTINEIRAMENTE USADOS POR MERGULHADORES

Briefing – breve explicação teórica dada por um *dive master* antes de cada mergulho.

Buddy – parceiro, o mergulho desportivo faz-se obrigatoriamente em duplas.

Dive master – mestre mergulhador. Título que se dá aos profissionais habilitados a chefiar mergulhos.

Dusk dive – mergulho ao entardecer.

Log-book – diário de bordo; os mergulhadores têm o habito de anotar todos os mergulhos com suas particularidades.

Lycra – roupa fina de fibra sintética (*lycra*) usada geralmente embaixo da *wetsuit*.

Muck dive – mergulho próximo à praia ou junto à margem de mangezais.

SpareAire – pequeno cilindro portátil de ar que alguns mergulhadores usam para eventuais emergências.

Wetsuit (usado como sinônimos: *wet*, neoprene) – roupa de mergulho colada ao corpo feita de neoprene.

novo século®